KB146589

소름이 돋는다

소름이 돋는다

사랑스러운 겁쟁이들을 위한 호러 예찬

ⓒ 배예람 2023

초판 1쇄	2023년 6월 30일		
지은이	배예람		
출판책임	박성규	**펴낸이**	이정원
편집주간	선우미정	**펴낸곳**	도서출판 들녘
기획이사	이지윤	**등록일자**	1987년 12월 12일
편집진행	이수연	**등록번호**	10-156
디자인진행	고유단	**주소**	경기도 파주시 회동길 198
디자인	하민우	**전화**	031-955-7374 (대표)
편집	이동하·김혜민		031-955-7384 (편집)
마케팅	전병우	**팩스**	031-955-7393
경영지원	김은주·나수정	**이메일**	dulnyouk@dulnyouk.co.kr
제작관리	구법모		
물류관리	엄철용		

ISBN 979-11-5925-795-7 (03810)

소름이 돋는다

사랑스러운
겁쟁이들을 위한
호러 예찬

배예람 지음

목차

1. 겁쟁이여도 괜찮아

오늘도 여느 날과 같은 하루가 끝이 난다. 나는 피로를 끌어안고 침대 위에 눕는다. 바로 쥐 죽은 듯 잠들어버릴 수 있다면 좋으련만, 끝내지 못한 일들에 대한 죄책감과 내일에 대한 불안감으로 나는 쉽게 잠들지 못하고, 휴대폰을 코 앞에 대고 인터넷을 뒤지며 무의미한 시간을 보낸다. 놓친 뉴스를 뒤늦게 파악하고 좋아하는 연예인 사진도 한번 구경하고. 그렇게 잠들기 전까지 소소한 즐거움을 누리다 마지막으로 향하는 곳은 공포 게시판이다. 왠지 마지막에는 공포 게시판에 들러야 할 것 같다는 이상한 책임감이 나를 경건해지게 한다.

공포 게시판은 장난감이 잔뜩 들어 있는 보물상자와 같다. '아는 사람이 이런 일을 겪었다더라'로 시작해서 갑자기 무당으로 끝나는 괴담이나 공포 영화 소개글, 멀쩡하다가 갑자기 귀신이 튀어나와 사람을 놀래키는 사진들을 들여다보고 있노라면 시간이 훌쩍 가버린다. 유튜브는 또 어떤가? 퀄리티 높은 공포 게임 플레이 영상과 무시무시한 괴담을 재현해주는 프로그램을 감상하다 보면 어느 순간 이불을 꼭 붙들고 있는 자신을 발견하게 된다. 그럴 때면 이상하게도 집 안 곳곳에서 울리는 소음이 유독 크게 들린다. 갑작스레 웅웅거리는 냉장고 기계음, 옆집에서 물 내리는 소리, 정체를 알 수 없는 마찰음 등이 귓속을 파고들면 침이 꿀꺽 넘어간다. 이불 밖으로 나와 있는 발에 이상하게 한기가 느껴진다는 착각이 들면, 때가 온 것이다. 오늘의 잠을 포기하고 방의 불을 다시 켤 때가.

나는 선택의 기로에 놓인다. 피로를 끌어안고 이 괴담의 끝을 볼 것인가, 아니면 자꾸만 머릿속에 떠오르는 무서운 상상들을 애써 억누르고 잠자리에 들 것인가. 나의 선택은 언제나 한결같다. '무서워 밤을 새우는 한이 있더라도 이 괴담의 끝을 보고야 말겠다.' 나는 불이 켜져 환한 방에서 이불로 몸을 꽁꽁 감싼 채 휴대폰을 들여다본다. 중간중간 괜히 불안한 마음에 문밖을 바라보기도 하고, 갑작스레 등장한 귀신 사진에 심장을 부여잡기도 한다. 마침내 결말을 확인한 뒤에는 다시 불을 끄려다 말고 잠시 주저한다. 결국 불을 켠 채로 잠을 청하며 조금 전에 읽은 괴담은 떠올리지 않으려고 애쓴다. 무서운 생각을 하면서 잠들면 무서운 꿈을 꾸기 마련이다. 누군가는 그렇게 겁이 많으면서 왜 무서운 걸 찾냐고 묻겠지만, 나는 공포물을 즐길 때는 내가 겁이 많다는 사실을 어떻게든 무시하려고 노력한다. 겁이 많은 건 많은 거고, 무서운 걸 좋아하는 건 무서운 걸 좋아하는 거라고, 둘은 완전히 별개의 일이라고 스스로에게 최면을 건다. 물론 현실에서 이 두 가지를 분리하기란 참 쉽지 않다. 내가 겁쟁이라는 사실은 공포를 즐기는 데 있어서 가장 큰 걸림돌이 되어 나의 발목을 붙잡는다. 그럼에도 나는 더 많은 공포를 즐기고 싶은 마음에, 발목이 붙잡힌 채로 꿋꿋하게 나아간다. 남들보다 더 많은 스트레스를 받고 더 많은 체력을 소모하며 공포물을 즐긴다. 무서운 걸 좋아하는 겁쟁이의 삶이란 이렇게 비효율적이다.

어쩌다 보니 감사하게도 글을 쓰게 되었고, 또 어쩌다 보니 호러라는 장르의 색이 군데군데 묻어 있는 작품들을 선보이게 되었다. 출판사 미팅에 나가면 비슷한 질문을 자주 듣는다. "공포 영화 좋아하시겠네요?" 나는 항상 같은 대답을 한다. "좋아하긴 좋아하는데, 겁이 많아서 잘 못 봐요." 그러면 웃음 섞인 답이 돌아온다. 내가 재치 있는 농담을 건넸다고 생각하는 분이 대부분인데, 그럴 때마다 나는 진지하게 내가 얼마나 겁이 많은지, 그렇지만 얼마나 공포물을 사랑하는지 논리적으로 납득시키려 애를 쓴다. 열변을 토하다 보면 이야기는 점점 수렁으로 빠지고, 나도 나를 이해하지 못할 지경에 이른다. '겁쟁이'와 '공포 애호가'는 결코 양립할 수 없는 수식어인 걸까? 그렇지만 난 정말로 겁이 많고 또 호러라는 장르를 좋아하는데? 돌이켜보면, 모순된 수식어의 조합으로 사람들의 반발을 불러일으키는, '공포를 좋아하는 겁쟁이의 삶'은 아주 오래되었다.

어렸을 적 우리 집 거실에는 밤마다 무언가가 나타났다. 나는 그 정체 모를 형체의 첫 발견자였다. 편의상 그를 귀신이라고 부르도록 하겠다.

초등학생이었던 나는 귀신을 처음 만난 순간 그 자리에 얼어붙었다. 달빛이 희미하게 내려앉은 거실에서, 소파 한가운데에 자리 잡고 앉아 있는 검은 그림자가 똑똑히 보였다.

처음에는 그것이 단순히 소파가 움푹 들어간 자리에 드리워진 그림자에 지나지 않을 것이라 생각했다. 오늘 유독 도드라져 보이는 것뿐이며, 내일이면 우리 집 소파는 여느 때와 다름없는 모습으로 돌아올 거라고 믿었다. 겁에 질린 가운데서도 내 뇌가 의외로 이성적인 판단을 내리려고 노력했던 듯하다. 하지만 다음 날 밤에도 귀신은 우리 집 소파에 앉아 있었다. 내게는 그 모습이 꼭 성인 여성이 두 손을 무릎 위에 올려놓고 얌전히 자리에 앉아 있는 것처럼 보였다. 일주일이 지나고, 한 달이 지나고, 몇 달이 지나도 그는 조금도 움직이지 않고 제자리를 지키며 밤마다 화장실에 가는 나를 쳐다보곤 했다.

그 앞에서 나는 그저 겁먹은 어린아이일 뿐이었다. 나는 그 형체가 귀신이라 확신했고, 처음 몇 주 동안은 화장실에 갈 때마다 최대한 거실을 쳐다보지 않으려고 애를 썼다. 그러던 어느 날, 한밤중에 화장실 앞에서 엄마를 마주쳤다. 나는 엄마에게 속삭였다. "엄마, 소파에 누가 앉아 있어." 엄마는 거실을 한 번 쓱 둘러보고는, 아무것도 없다고 시큰둥하게 대답했다. 놀랍게도 엄마는 아직도 그날의 대화를 기억하고 있다.

하지만 내 눈에는 분명히 보였다. 매일 밤 불이 꺼지면 우리 집 소파에 나타나는 귀신이, 두 손을 무릎 위에 가지런히 모으고 나를 바라보는 여자가. 나는 매일 밤 화장실에 갈 때마다 잔뜩 겁을 집어먹곤 했다. 혹시 그 귀신이 오늘은 소파가 아니라 화장실에 있으면 어떡하지? 오늘은 나를 향해 달려오는 게 아닐까? 이상한 일이었다. 나는 밤마다 누군가가 우리 집 거실에 앉아 있는 상황을 견딜 수 없이 무서워하면서도, 귀신이 오늘도 그 자리에 있는지 확인하는 일을 멈출 수가 없었다.

그렇게 몇 달이 지난 어느 날, 평소처럼 화장실에 가기 위해 방을 나온 나는 이상한 충동에 휩싸였다. 다시 생각해도 어디서 그런 용기가 샘솟았는지 알 수 없다. 나는 평소처럼 거실을 흘긋대며 화장실에 들어가는 대신, 소파에 앉아 있는 그를 향해 성큼성큼 다가갔다. 내가 보고 있는 게 정말 귀신일까? 내가 다가가면 귀신은 어떻게 행동할까? 나에게 달려들까? 아니면 도망갈까? 무서워 죽을 지경이었지만, 또 죽도록 궁금했다. 나는 공포 영화 속에서 제일 먼저 죽음을 맞는 조연 캐릭터처럼 호기심을 억누르지 못하고 소파로 향했고, 귀신의 옆에 앉았다.

무슨 일이 벌어졌냐고? 안타깝게도 아무 일도 벌어지지 않았다.

검은 형체를 지닌 그림자. 그건 그냥 그 자리에 있었다. 조금도 달라지지 않고, 내가 저 멀리서 바라봤을 때와 똑같은 모습으로 멀거니 허공만 보면서.

일단 가까이 다가가 보면 나를 그토록 떨게 했던 존재가 귀신이 아니라 소파에 비친 그림자라는 사실을 확인하게 될지도 모른다는 희미한 기대감은 사라졌다. 귀신은 내가 가까이 다가갔다고 해서 옅어지지 않았다. 귀신이 앉아 있는 자리는 여전히 그 안을 들여다보고 싶을 정도로 새카맸다. 나는 그 새카맣고 고요한 형체에서 눈을 떼지 못한 채 화장실로 갔고, 귀신은 내가 방에 들어가는 순간까지 그저 가만히 앉아서 나를 바라보기만 했다.

그 뒤로 일어난 일은 설명할 것도 없이 허무하다. 나는 대학에 갈 때까지 그 집에서 자랐다. 귀신은 어느 순간 사라져 보이지 않았다. 밤늦게 화장실에 가다 말고 이유 모를 충동에 이끌려 거실을 돌아본 적도 종종 있었지만, 거기엔 아무도 없었다. 난 여전히 그가 정말 귀신이었는지 어둠에 겁먹은 초등학생이 만들어낸 환상이었는지 확신할 수 없다.

그건 내가 인생 처음으로 '진짜' 공포를 마주한 순간이었지만, 당시 나는 단순한 공포를 뛰어넘어 다양한 감정을 맛보았다. 내가 보고 있는 존재에 대한 참을 수 없는 호기심과 그가 진짜 귀신이었으면 좋겠다는 이상한 바람. 하필 왜 우리 집에 나타난 건지, 왜 항상 움직이지 않고 소파에 앉아만 있는지 너무 궁금했다. 용기 내서 귀신 옆에 앉은 건 나름의 소통을 해보려는 시도였다. 아쉽게도 그가 아무런 반응을 보이지 않아 실패로 돌아갔지만, 만약 그가 나를 피해 자리를 옮겼다면 나는 그의 뒤를 기꺼이 졸졸

따라갔을지도 모른다.

어린 내가 공포를 느끼고 두려워하면서도 동시에 그 순간을 미묘하게 즐겼던 기억은 이뿐만이 아니다. '소파 귀신'을 만나기 전에도 비슷한 경우가 있었는데, 바로 아동용 애니메이션 〈꼬마 펭귄 핑구〉를 보았을 때다.

〈꼬마 펭귄 핑구〉는 귀엽고 사랑스럽기 그지없는 펭귄 '핑구'를 주인공으로 하여, 이글루에 사는 핑구 가족의 일상을 다룬 옴니버스 애니메이션이다. 폭신해 보이는 클레이의 질감과 등장인물들의 독특한 목소리가 일품이었다. 그 당시 내 또래 친구들은 모두 핑구를 보았고, 나 역시 핑구의 열렬한 애청자 중 한 명이었다. 그중에서도 내가 가장 좋아했고 여러 번 돌려본 에피소드는 '핑구의 악몽' 편이다.

꼬마 핑구는 평소처럼 침대에 누워 잠을 자려 한다. 그때 갑자기 평화로운 잠자리를 방해하듯 이글루가 흔들린다. 쿵쿵대며 흔들리던 이글루는 갑자기 떠오르더니 저 멀리 사라지고, 핑구가 누워 있던 침대는 기둥을 다리 삼아 어디론가 걸어가기 시작한다. 어린 핑구는 아무것도 모른 채로 즐거워하지만, 그런 핑구의 뒤를 조용히 따라오는 거대한 괴물이 있다. 바로 수염이 잔뜩 난 바다표범이다.

바다표범은 예고 없이 등장해 핑구를 깜짝 놀라게 한

다. 겁에 질린 핑구를 보며 낄낄거리다가 핑구를 꾹꾹 눌러대며 장난을 치기도 하고, 핑구의 침대를 무자비하게 썹어 먹으며 '악몽 그 자체'의 면모를 뽐낸다. 짙은 갈색 피부 위에서 번득이는 거대한 눈, 빗자루처럼 꽂힌 수염 아래로 빼곡히 자리 잡은 이빨들을 보고 있노라면 절로 소름이 돋을 수밖에 없다. '핑구의 악몽' 편은 핑구에게 일어난 모든 일은 핑구의 꿈이었다는 사실이 드러나며, 겁에 질려 우는 핑구를 핑구의 엄마가 따뜻하게 안아주는 장면으로 끝나지만, 어린 시청자들에겐 새로운 악몽이 시작되었다. 땅밑에서 불쑥불쑥 나타나는 기괴한 바다표범의 모습이, 무시무시한 트라우마로 남아버린 거다.

바다표범에 대한 나의 결론은 결코 과장이 아니다. 인터넷에 '핑구의 악몽'을 검색하면 수많은 피해자의 증언이 쏟아지는 것을 확인할 수 있다. 만약 '불쾌한 골짜기'에 약한 겁쟁이라면 굳이 검색해보지 않는 걸 추천한다. 눈을 까뒤집고 웃는 바다표범의 모습은 어른이 된 지금 보아도 꽤 충격적이므로.

나는 당연히 '핑구의 악몽'을 보고 큰 충격을 받았던 어린아이 중 하나였다. 소소하고 재미있는 일들로 가득한 일상을 보내던 핑구의 꿈속에 그런 무시무시한 괴물이 나타나다니! 하지만 앞서 말했듯, 이 에피소드는 내가 제일 무서워한 회차이자 가장 좋아한 회차이기도 하다. 다시 보지 않아도 장면 장면을 줄줄 읊을 만큼 많이 돌려 본 에피소드 중 하나라는 뜻이다. 내가 '핑구의 악몽'을 보고 겁에 질려 울었는지는 잘 기억나지 않지만, 친구와 '핑구의 악몽'을 토대로 만든 놀이를 즐겼다는 것은 여전히 생생하다.

놀이는 어떤 날은 숨바꼭질 같았고 또 어떤 날은 술래잡기 같았는데, 사실 세세한 룰은 크게 중요하지 않았다. '핑구'와 '바다표범' 역을 각각 맡을 사람이 있으면 그만이었으니까. 우리는 보통 식탁 아래를 놀이 장소로 골랐다. 바다표범이 땅속에서 갑자기 솟아오르는 장면을 표현하기 위해서였다. 바다표범을 맡은 사람은 식탁 밑에서 호시탐탐 기회를 노리다가 벌떡 일어나서 양팔을 벌리고 힘차게 포효했다. 만화 속에서 바다표범이 핑구를 놀래킬 때처럼! 그럼 핑구를 맡은 사람은 깜짝 놀라며 가슴을 부여잡다가 곧 깔깔 웃는다. 돌이켜보면, 핑구 역은 대체로 나였다. 그때부터 싹이 보였던 걸지도 모른다. 겁 많은 공포 애호가의 싹이. 콩닥거리는 심장을 진정시키며 언제 바다표범이 튀어나올지 모르는 아슬아슬한 순간을 즐기다가, 바다표범이 힘차게 튀어나오면 깜짝 놀라 비명을 지르면서도 터지는 웃음을 참지 못하던 나. 나는 지금도 가끔 '핑구의 악몽' 편을 본다. 거무죽죽한 바다표범의 얼굴은 지금 봐도 꽤나 징그럽고 기괴하지만, 내 유년 시절의 한 부분을 차지하는 소중한 추억이기도 하다.

당시 나는 유치원생이었다. 그 시절에는 비디오가 한창 유행이었기에, 나 역시 집 앞에 위치한 비디오방을 뻔질나게 드나들었다. 바다표범의 포효에 깔깔거리며 즐거워했던 어린 내가 닳도록 돌려 본 비디오 중에는 〈명탐정 코난〉도 있었다. 초등학교에도 들어가지 않은 어린아이가 보기에는 다소 무리한 콘텐츠였지만, 나는 세 살 위 친언니가 보는 건 꼭 따라 봐야만 직성이 풀리는 고집쟁이였다. 회차마다 사람이 최소 한 명씩은 죽어 나가는 만화를 초등학교 저학년생과 유치원생에게 허락한 엄마에게 그저 감사드릴 뿐이다. 어린 시절 내가 보고 또 봤던 비디오들이 지금의 나를 이루고 있다 해도 과언이 아니므로.

〈명탐정 코난〉의 초기 에피소드들은 다소 음산한 분위기에 잔인한 전개를 펼쳐나가는 경우가 많은데, 그중에서도 '월광 살인사건'은 무섭기로 둘째가라면 서러울 작품이다. 십이 년 전 가족들을 살해하고 집에 불을 지른 후 월광 소나타를 연주하며 죽어갔다는 피아니스트. 코난 일행은 이미 죽은 그로부터 편지 한 통을 받고 그가 살았던 섬을 방문한다. 촌장 선거로 여러 인물의 이해관계가 얽혀 혼란스러운 가운데 갑자기 월광 소나타가 울려 퍼지고, 음악을 따라간 곳에서 그들은 시체를 발견한다. 어두컴컴한 밤, 월광 소나타의 선율이 흐르면 누군가 죽는다. 실로 자극적이고 무시무시한 전개가 아닐 수 없다.

황홀하고 우울한 음악도, 그 옆에 끔찍한 모습으로 죽어 있는 시체도, 섬을 둘러싸고 벌어지는 미스터리도 한낱 유치원생이 감당하기엔 지나치게 강렬한 것이었다. 사방이 어둠에 잠긴 한밤중에 어디선가 월광이 들려오기 시작하면 공포로 몸이 뻣뻣하게 굳었다. 지금도 월광 소나타를 들으면 자연스레 코난의 한 장면이 떠오를 정도로 그때의 공포는 내게 또렷하게 각인되었다.

인물들의 사연과 반전 역시 굉장히 훌륭한 에피소드였지만, 어린 내가 이해하기엔 너무 어려운 내용이었다. 대신 나는 섬이라는 고립된 공간과 어둠이 내려앉으면 들려오는 섬뜩한 멜로디, 공포로 일그러진 얼굴의 시체가 어우러지며 만들어내는 분위기에 매료됐다. 나는 '월광 살인 사건' 편을 닳도록 돌려 보았고, 인터넷에서 월광의 악보를 찾아 한 손으로 서툴게 피아노를 쳤다. 월광의 멜로디를 느릿하게 따라 칠 때면 그 무시무시한 선율이 내 손 아래에서 만들어지고 있다는 사실이 이상하게 기분 좋았다.

이외에도 내가 즐겨 본 에피소드들이 꽤 있는데, 코난

이 살인마와 아슬아슬한 추격전을 벌이거나 한밤중 미술관에서 갑옷이 저절로 걸어다닌다는 괴담의 실체를 파헤치는 등 대부분 호러 색채가 짙게 묻어 있는 이야기들이었다. 유치원생에 불과했던 내가 왜 그렇게 무서운 에피소드에 빠졌는지 지금도 모르겠다. 나를 설레게 하는 이야기를 귀신같이 알아보고 그 매력에 본능적으로 끌렸음이 틀림없다.

평구와 코난에서 시작된 독특한 취향은 그 후로도 계속 이어졌다. 온가족이 모여 앉아 영화를 보기로 했던 어느 날에는 기필코 김지운 감독의 공포 영화 〈장화 홍련〉을 봐야겠다고 부모님을 맹렬히 졸랐다. 결국 모두의 반대를 무릅쓰고 〈장화 홍련〉을 구매하는 데 성공했다. 가족끼리 단란하게 앉아 영화를 보며 소소한 이야기를 나누는 것으로 마무리됐어야 할 시간은, 나의 고집 덕분에 완전히 엉망이 되고 말았다.

영화는 무서웠다. 나는 손가락 사이에 얼굴을 파묻고 있느라 대부분의 장면을 놓쳤다. 많은 시간이 흐르고 〈장화 홍련〉을 제일 좋아하는 공포 영화 중 하나로 꼽게 된 후에도, 나는 여전히 〈장화 홍련〉의 특정 장면들을 보지 못한다. 무언가 나오기 직전이라는 예감이 들면 재빠르게 재생을 멈추고 화면을 넘긴 덕분이다. 겁 많은 공포 애호가로 살려면 그 정도 직감은 있어야 한다. 밤을 지새우게 할 것 같은 장면들은 일찍 포기하는 게 정신 건강에 좋다. 더 많은 공포물을 오래오래 즐기기 위해서는 가늘고 길게 가야 한다.

가늘고 길게 살아온 덕분에 나는 다양한 공포 콘텐츠를 즐길 수 있는 사람이 되었다. 강풀의 공포 웹툰 〈아파트〉를 보며 두려움으로 심장이 뜨거워지는 경험을 하던 어린아이에서, 놀이공원에서 할로윈 시즌에만 운영하는 공포의 집을 무사히 탈출하는(물론 무사히 탈출했다고 했지 잘 탈출했다고는 안 했다.) 어른이 된 것이다. 웹툰, 책, 영화를 넘어 각종 공포 게임과 오프라인 공포 체험이 넘쳐나고, 규칙 괴담과 아날로그 호러* 등 볼거리가 가득한 지금을 나는 충만하게 즐기고 있다. 당연히 가늘고 길게. 두려움에 시작조차 하지 못한 영화들, 보다가 꺼버린 드라마, 사놓고 한 번도 플레이하지 못한 게임들을 떠올릴 때면 나는 스스로를 '공포 마니아'보다는 '공포 애호가' 정도로 소개

---

* 유튜브에서 볼 수 있는 호러 콘텐츠 종류 중 하나. 대부분 페이크 다큐멘터리의 형식을 취하며, 낮은 화질과 공포의 대상을 명확히 드러내지 않는 스토리 전개 등이 특징이다. LOCAL58 시리즈가 대표적이다.

하는 게 적절하겠다고 생각한다.

물론 겁쟁이인 내가 불만스러웠던 적도 있다. 두려워서 도전하지 못한 콘텐츠들을 미련 남은 눈으로 바라보기만 해야 할 때면, 호러 메이즈[*]를 눈 하나 깜짝하지 않고 통과하는 사람들이 부러웠다. 저렇게 즐길 거리가 많은데! 내가 견딜 수 있는 수준을 넘어선 공포를 선사하는 작품들을 저 멀리 떠나보내면서 나는 속으로 피눈물을 흘렸다.

하지만 지금은 생각이 조금 달라졌다. 겁쟁이야말로 진정한 호러를 제대로 즐길 수 있는 사람이라는 게 나의 믿음이다. 호러는 공포를 불러일으키는 것을 목적으로 하는 장르다. 만약 어떤 호러 콘텐츠에 대해 아무도 공포를 느끼지 않는다면, 그건 그 작품이 호러물로서 제대로 기능하지 못한다는 뜻이다. 창작자가 의도적으로 설치한 함정에 충실히 빠지고, 숨통을 조여오는 긴장감에 실눈만 겨우 뜬 채로 비명을 지르는 겁쟁이들이야말로, 어쩌면 호러라는 장르를 가장 잘 이해하고 체험하고 있는 사람들이 아닐까? 우리야말로 호러라는 장르가 계속될 수 있도록 돕는

---

[*] 에버랜드에서 할로윈 시즌에만 운영하는 공포의 집. 엄청나게 무섭다.

단단한 지지대가 아니겠느냐는 말이다.

　이제 나는 '호러를 좋아하는 겁쟁이'라는 수식어에 매우 만족한다. 겁이 없는 사람들은 좀처럼 이해할 수 없는 공포를 충실하게 느낄 뿐만 아니라, 동시에 공포를 느끼는 순간을 즐길 줄 아는 사람이기 때문이다. 겁이 없는 사람들이나 겁이 너무 많아 호러물을 싫어하는 사람들은 이해하지 못할 것이다. 분명 뒤에 무언가가 서 있다는 걸 알면서도 굳이 뒤를 돌아보는 순간이, 이상한 소리가 나는 문을 앞에 두고 도망가는 대신 문고리를 천천히 돌리는 순간이, 저도 모르게 비명이 튀어나오고 심장이 뜨거워지며 눈을 질끈 감게 되는 순간이 얼마나 짜릿하고 즐거운지 말이다. 공포의 대상이 만들어내는 긴장감이 주는 쾌감. 나는 이 글을 읽고 있는 사람이라면 누구보다 그 감정을 잘 알고 있으리라 확신한다.

　크툴루 신화의 아버지라 여겨지는 작가 러브크래프트는 '가장 오래되고 강력한 인간의 감정은 공포'라고 했다. 가장 긴 역사를 가진 감정을 누구보다 잘 이해한다는

H. P. 러브크래프트, 홍인수 옮김, 『공포 문학의 매혹』, 북스피어, 2012, 9쪽.

점에서, 겁쟁이들은 일종의 뿌듯함을 느껴도 좋겠다. 진정한 공포를 즐길 줄 아는 사람이라는 자부심으로 벅차오른 가슴을 안고, 나는 오늘 밤도 공포 게시판을 찾는다. 나처럼 오들오들 떨면서도 굳이 무서운 이야기를 찾아 헤매는 겁쟁이들에게 깊은 공감과 애정을 느끼면서.

　겁쟁이여도 괜찮다. 아니, 겁쟁이라서 다행이다. 공포를 온전히 느낄 수 있는 사람이어서 기쁘다. 그러니 오늘도 마음껏 겁먹고, 마음껏 두려워하자. 다시금 마음먹으며 나는 이불을 뒤집어쓴다. 공포를 즐기기엔 더할 나위 없이 좋은 밤이다.

2. 나를 보는 그 눈, 그 눈!

어른이 된다는 건 다양한 공포를 제약 없이 마음껏 즐길 수 있다는 의미이기도 하다. 그건 놀이공원에서 귀신의 집에 들어가고 싶다며 부모님을 조르고 졸라야 했던 어린 나를 향해 안타까운 눈빛을 보내며, 누구의 방해도 받지 않고 당당하게 호러 메이즈 입장 티켓을 끊을 수 있다는 이야기다. 그러나 언제든지 원하는 공포를 체험할 수 있다는 사실은, 공포가 내게 선사하는 충격이 얼마나 되건 스스로 감당해야 한다는 의미이기도 하다. 귀신을 보고 놀라 넘어져 무릎이 깨지든, 귀신의 집을 통과하는 내내 비명을 꽥꽥 질러 다른 손님들에게 폐를 끼치든, 귀신이 튀어나오는 사진을 보고 깜짝 놀라 휴대폰을 얼굴에 떨어트리든 그건 온전히 내 몫이라는 소리다.

갑자기 당연한 소리를 왜 하냐고? 이건 '겁쟁이 공포

애호가'가 평생 안고 가야 할 고민이기 때문이다.

공포를 좋아하는 만큼 공포가 주는 충격에 취약한 사람으로서, 공포 콘텐츠를 선택하기 전에 나는 고민하고 또 고민한다. 이걸 내가 봐도 될까? 읽어도 될까? 체험해도 될까? 후기나 댓글이 있다면 겁에 질려 우는 사람과 생각보다 무섭지 않다는 사람 중 어느 쪽이 더 많은지 꼭 확인한 후에야 판단을 내린다. 아, 이건 내가 감당할 수 있는 정도의 공포가 아니구나.

하지만 그렇게 포기하고 나면 내가 선택하지 않은 길이 궁금해서 미칠 지경이 된다. 얼마나 무서울까? 여기에는 '얼마나 재밌을까?'라는 물음도 약간 섞여 있다. 그런 나를 보고 겁이 없는 이들은 "그냥 보면 되지!" 하고 쉽게 말할 테며, 겁이 너무 많은 이들은 심각한 얼굴로 물을 것이다. "그런 고민을 왜 해?" 볼 것이냐 말 것이냐, 할 것이냐 말 것이냐. 한참 고민하던 나는 끝이 뻔히 보이는 선택을 한다, 우리 모두가 그렇듯이.

이야기하다 보니 떠오른다. 나에게 가장 강렬하고 깊은 충격을 남긴 어떤 '선택'이.

제대로 된 진짜 오프라인 공포 체험을 하기로 한 건 그때가 처음이었다. 나까지 총 네 명이 공포 체험을 함께 하기 위해 모였고, 우리는 전날까지 '그냥 하지 말까?'를 주제로 격렬한 토론을 진행했다. 그리고 기나긴 토론 끝에 나는 결론을 내렸다. "여자가 칼을 뽑았으면 무라도 베어야지!" 인정한다. 나는 어렸고, 그 당시만 해도 꽤 호기로웠다.

즐거운 환호성과 달콤한 설탕 가루 냄새가 가득한 놀이공원 한구석의 어두컴컴한 건물 안에서 희미하게 흘러나오는 비명 소리가 얼마나 무서운지 아는가? 우리는 사이좋게 한 줄로 서서 쪼르르 건물 안으로 들어갔다. 이제 서로의 몸을 꼭 붙들고 피와 비명과 시체로 가득한 곳을 탈출하기만 하면 되었다. 나는 놀랍게도 네 명 중에서 그나마 겁이 없어 무언가 튀어나오면 제일 먼저 온몸으로 부딪치는 '몸빵' 담당을 맡았다. 덕분에 제일 끔찍하다는 맨 앞과 뒷자리 중 후자를 차지하는 영광을 누렸다.

그 좁디좁은 길이 아직도 선명하게 기억난다. 앞사람을 꼭 안고 조심조심 앞으로 나아가던, 지금 생각하면 우습기 그지없는 우리 모습도. 고개를 숙이고 시선을 바닥에 처박은 채로 걸어가던 와중에 나는 용기를 냈다. 낸 돈이 있으니 누릴 건 충분히 누려야 했다. 나는 열심히 사방을 살피며 주변을 두리번거리기 시작했고, 그것과 눈이 마주쳤다.

내가 이미 지나왔던 길목, 아무도 없는 걸 분명히 확

인했던 곳에 무언가가 있었다. 저게 뭐지? 둥글둥글한 형태가 제일 먼저 눈에 들어왔다. 그게 사람의 머리라는 걸 깨닫기까지는 오랜 시간이 걸리지 않았다. 어둠에 잠겨 이목구비를 구분할 수는 없었지만 따가운 시선만은 또렷하게 느껴졌다. 그건 나를 보고 있었다. 소리 하나 내지 않고 조용히. 나는 그를 바라보았고 그도 나를 바라보았다. 아주 짧은 그 순간이 어찌나 길게 느껴졌던지.

차라리 그게 다른 귀신들처럼 비명을 지르며 쫓아오거나 으르렁대며 나를 위협했다면 좀 나았을지도 모른다. 그러면 그저 마음껏 꽥꽥 비명을 지르고 눈을 질끈 감아버리면 그만이니까. 하지만 그는 다른 귀신들처럼 분장한 채로 나를 그저 바라보기만 했다. 움직이지도 않고, 내가 자신을 발견하고 우리가 서로를 마주할 때까지.

지금도 살면서 가장 무서웠던 순간을 꼽으라면 나는 주저 없이 그 광경을 떠올린다. 글로만 읽는다면 '이게 뭐가 그렇게 무서워?' 하고 나를 비웃을지도 모른다. 마음을 가다듬고 진지하게 상상해보자. 당신은 좁고 어두운 길목에 서 있다. 사방은 온통 핏빛이고 끔찍한 비명이 들린다. 당신은 하필이면 맨 뒷자리를 맡아 뒤에서 무엇이 다가오건 된통 당하고 말 거라는 불안감에 사로잡혀 있다. 용기를 내려고 애쓰는 중에 무언가를 발견한다. 조금도 움직이지 않고 그 자리에 가만히 서 있는 동그란 무언가를. 친구들은 그저 앞을 살피느라 바쁘다. 그것을 본 사람은 우연히 주변을 둘러보던 당신뿐이다. '저게 대체 뭐지?' 생각하며 희미하게 눈살을 찌푸리고 그 동그란 물체를 유심히 바라보던 당신은 이제 그게 무엇인지 깨닫는다. 당신을 가만히 바라보고 있는 귀신의 얼굴이다. 아, 지금이라도 당장 까무러칠 지경이다.

그날의 경험은 나의 머릿속에 강하게 각인되어버렸다. 그렇게 나는 누군가를 공포에 질리게 하고 싶을 때 가장 효과적인 방법을 배웠다. 굳이 상대를 깜짝 놀래킬 필요도 없다. 그저 바라보기만 하면 된다. 손가락 하나 까딱하지 않고서.

당시 카페에서 마감 아르바이트를 하고 있었던 나는 그 이후 약 3개월 정도를 강한 후유증에 시달려야 했다. 한밤중에 홀로 마감해야 하는 상황만큼은 피하고 싶었지만 별수 없었다. 나는 내 의지로 공포를 선택했고, 공포가 선사한 충격에 책임을 질 줄 아는 멋진 어른이었으니까.

마감하는 내내 어디서 누군가가 나를 바라보고 있는 건 아닌지 겁에 질리는 일은 다반사였다. 아무도 없는 게 분명한 곳에서 끼익 소리라도 들리면 온갖 사악한 상상이 머릿속을 가득 채웠다. 그런 날은 초인적인 속도로 마감을 마치고 불을 끈 뒤 후다닥 밖으로 달려 나갔다. 마치 어둠 속에서 누군가가 나를 보고 있기라도 한 것처럼. 지금도 나는 그때의 일을 지인들에게 엄청난 모험담처럼 풀어놓는다. '시선'이 얼마나 무서운 장치로 작동할 수 있는지 온몸으로 체감한 순간을.

그 후로 나는 종종 시선이 주는 공포에 대해 생각하게 되었다. 누군가가 나를 바라본다는 건 굉장히 행복하지만 한편으론 몹시 두려운 일이다. 공포는 상대와 나의 시선이 마주치는 순간 배가 된다. 생각해보면, 내가 세상에서 제일 무서워하는 괴담 역시 어느 정도는 시선에 대한 괴담이라 할 수 있겠다.

괴담의 내용은 대충 이렇다. 당신은 학교 교실에 앉아 있다. 수업 중일 수도 있고, 야자 시간일 수도 있다. 그런 건 아무래도 상관없다. 중요한 건 당신이 꾸벅꾸벅 졸다가 스르르 잠에 빠졌고, 책상에 앉은 그 상태 그대로 가위에 눌렸다는 거다. 고개를 살짝 숙이고 눈을 크게 뜬 채로 굳어버린 당신은 누군가 교실 문을 여는 걸 느낀다. 당연히 귀신이다. 당신은 교실에서 유일하게 귀신과 맞닿을 수 있는 시공간에 있다. 귀신은 당신을 눈치챘고, 당신도 귀신을 눈치챘다. 하지만 몸이 움직이지 않아 어쩔 수 없이 책상을 바라보고 있어야 한다. 당신의 옆으로 귀신이 다가와 멈춘다. 그리고 허리를 숙이더니 고개를 들이밀어 당신의 시야 안으로 들어온다. 당신의 눈과 귀신의 눈이 마주친다. 눈이 마주친 순간에서 괴담은 더 이상 이어지지 못하고 끝이 나지만, 우리는 그 뒷이야기를 굳이 원하지 않는다. 귀신이 허리를 숙이고 고개를 돌려 내 얼굴을 들여다봤다는 지점에서 이미 끝난 것이다. 나에겐 이 괴담이 세상 그 어느 괴담보다도 무섭다. 글을 쓰고 있는 지금도 귀신이 얼굴을 들이밀어 나와 강제로 시선을 맞추는 장면을 상상하면, 잠시 마음의 안정을 찾을 시간이 필요하다.

강렬했던 공포 체험 이후로, 난 내가 '시선'이 주는 공포에 특히 취약하다는 사실을 깨달았다. 누군가가 나를 바라보고 있다는 공포는 미지의 상대가 저기 분명하게 존재한다는 확신에서 온다. 또 상대가 목석처럼 나를 바라만 보고 있다는 사실은 그가 앞으로 어떻게 행동할지 모른다는, 정확히 말하면 나에게 무슨 짓을 저지를지 모른다는 불확신의 공포를 창조한다. 존재한다는 확신과 무엇을 저지를지 모른다는 불확신의 사이를 능수능란하게 넘나들며, 시선은 우리를 조금씩 얽매어온다.

시선에 대한 공포는 오래전부터 우리 본능 깊숙한 곳에 잠들어 있었다. 공포에 관심 없는 사람이라도, 꿈속에서 지금이 꿈이라는 걸 깨닫고 그 사실을 소리 내어 입밖으로 내뱉으면 그곳에 있는 사람들이 일제히 모든 행동을 멈추고 자신을 뚫어지게 바라본다는 이야기를 들어본 적 있을 테다. 영화 〈인셉션〉에서도 이런 광경을 확인할 수 있다. 〈인셉션〉은 SF 첩보물로 유명하지만 그 장면에서만큼은 강한 공포물의 냄새를 풍긴다.

누군가가 가만히 당신을 바라보고 있다는 두려움은 각종 공포 게임에서 자주 사용되는 연출이기도 하다. 2022년 출시된 공포 게임 〈더 모추어리 어시스턴트 *The Mortuary Assistant*〉의 주인공은 장의사의 조수로 일하는 레베카다. 모든 공포 게임의 주인공들이 그렇듯이 지지리도 운이 없는 레베카는 출근 첫날부터 악마에 빙의될 위기에 놓인다. 제한 시간 한 시간 삼십 분 동안 당신은 레베카가 되어 한밤중의 영안실에서 시체 세 구를 방부 처리하고, 그중 어떤 시체에 어떤 악마가 깃들었는지 알아내 불태워야 한다.

〈더 모추어리 어시스턴트〉의 강점은 사실적인 그래픽과 진행에서 오는 몰입감이다. 비가 내리는 한밤중의 영안실에 혼자 남아 있다는 사실만으로도 충분히 공포스럽지만, 구체적으로 생생하게 표현된 시체 그래픽 역시 주인공의 두려움을 극대화하는 요소 중 하나다. 뿐만 아니라 시체의 잇몸에 핀을 박아 넣고 눈을 고정하며 혈관의 피를 빼는 등, 꽤나 구체적이고 자세하게 진행되는 방부 처리 과정 역시 당신을 자연스럽게 늦은 밤의 영안실에 데려다놓는다. 창 너머에서 들려오는 빗소리와 혈액을 빼는 펌프 소리가 합창하듯 어우러지는 와중에 입구에 달린 종이 딸랑거린다. 서둘러 달려 나가보면 열린 입구 너머로 비가 억수처럼 쏟아지고 있을 뿐, 누구의 존재도 찾을 수 없다.

〈더 모추어리 어시스턴트〉는 이처럼 사소한 현상에서 시작해서 점점 그 강도를 더해가며 주인공을 극강의 공포로 내몬다. 시체를 처리하는 도중에 각종 환영이 등장하고 악령이 모습을 직접 드러내기까지 하는 등 여러 공포 연출이 플레이어를 괴롭히는데, 이런 연출은 회차에 따라 랜덤으로 등장한다. 악령이 주인공과 가까운 이들의 얼굴로 찾아오기도 하고, 수화기 너머로 알 수 없는 소리가 들리고 불이 마음대로 꺼지는 등 플레이어를 겁에 질리게 만드는 인상적인 연출들은 많지만, 그중에서도 나에게 가장 큰 충격을 안겼던 연출은 역시나 시선을 사용한 연출이었다.

영안실 중앙 카트에 놓인 시체를 조사하면 게임상 주인공의 시점은 당연히 시체에 집중된다. 자연스레 두 눈은 시체만 가까이 들여다보게 되고 영안실 내부의 풍경이나 로비로 이어지는 복도 등은 뒷배경으로만 존재하기 마련이다. 그리고 그런 우리를 질책하듯, 코앞에 놓인 시체만 바라보고 있는 우리를 가만히 노려보는 누군가가 있다. 이상한 느낌에 살짝 고개를 들면, 어느새 불이 꺼진 복도 입구에서 플레이어를 바라보고 있는 악령과 눈이 마주치게 된다. 악령은 길게 풀어 헤친 머리에 시커먼 두 눈과 창백한 피부를 갖고 있다. 그는 어떤 소리도 내지 않는다. 빗소리가 고요히 울려 퍼지는 와중에 당신을 그저 바라만 볼 뿐이다. 당황한 플레이어가 악령을 일정 시간 동안 마주보고 있으면 그는 아무것도 하지 않고 사라진다. 물론 영원히 사라지는 건 아니지만, 후의 연출은 게임을 플레이하거나 영상을 보게 될 당신을 위해 비밀로 남겨두겠다.

　나는 겁쟁이라서 게임을 직접 플레이하진 못하고 다른 게임 스트리머의 플레이 영상을 통해 궁금증을 해소했다. 그는 시청자들과 이런저런 대화를 나누며 시체를 조사하다가 뒤에서 자신을 바라보고 있는 악령을 마주하고는 잠시 말을 잃는다. 침묵 속에서 황망하게 악령의 모습만 가리키고 있는 마우스 포인터가 그의 심정을 대변해주었다. 공포 게임 플레이 영상을 꽤 열심히 챙겨 보고 있는 사람으로서 단언하자면, 그 연출은 손에 꼽을 만큼 기억에 남는 공포를 선사할 것이다. 주인공의 발자취를 함께 따라가고 있었다면 악령의 시선을 발견한 순간 꼼짝도 할 수 없는 두려움이 뭔지 알게 될 테다. 내가 그러했듯이.

시선을 공포의 장치로 사용한 예시는 무궁무진하다. 상대는 나를 바라보기만 할 뿐, 아무 짓도 저지르지 않는다는 시선의 법칙을 살짝 비틀어 시선을 방어의 수단으로 내세운 경우도 꽤 있다. TV 시리즈 〈닥터 후〉에 등장하는 '우는 천사'는 당신이 그로부터 눈을 떼는 순간 다가와 공격하는 크리처다. 당신이 시선을 두고 있다면 그건 그저 평범한 석상으로 존재할 뿐이다. 이렇게 '살기 위해서 절대 눈을 떼지 말아야 하는' 크리처들은 공포 게임에서도 자주 등장한다. 이런 크리처와 마주친다면 플레이어는 살아남기 위해 눈을 재빠르게 깜빡이며 뒤로 걸어야 한다. 눈을 깜빡이는 아주 짧은 순간을 놓치지 않고 한 걸음 한 걸음 앞으로 다가오는 크리처들을 보고 있으면 나도 모르게 꽥 하는 비명이 단전에서부터 올라온다. 이런 류의 크리처들은 하나를 보면 열 가지를 상상하길 좋아하는 나 같은 인간에게 다양한 고민거리를 제공한다. '눈을 한쪽씩 교대로 깜빡이면 안 되나? 아무래도 그러면 도망가기 힘들겠지? 이런 크리처를 만났을 때 살아남을 수 있는 필승법은 없을까? 뒤로 달리기를 미리 연습해둬야 하나?' 같은, 어디 털어놓기도 부끄럽고 민망한 고민거리를 말이다.

유튜브에서 볼 수 있는 공포 단편 영화 〈아더 사이드 오브 더 박스 *Other side of the box*〉는 눈을 떼면 다가오는 크리처와 정체불명인 상자의 조합으로 색다른 공포를 보여준다. 주인공은 친구로부터 갑작스레 커다란 상자 하나를 선물받는다. 빈 상자를 열자 보이는 건 상자 바닥이 아니라 어둠이다. 손을 뻗어도 아무런 감촉도 느껴지지 않고, 끝을 알 수 없는 깊은 어둠. 시험 삼아 연필을 떨어트리자 연필은 어둠 속으로 빨려 들어가 사라져버리고, 돌아오지 않는다. 친구가 상자와 함께 건넨 카드에는 '절대 눈을 떼지 말라'는 충고가 적혀 있다. 카드를 읽던 주인공은 다시 상자를 향해 고개를 돌리고, 상자 속에서 얼굴을 3분의 1쯤 내밀고 있는 어떤 남자와 눈이 마주친다. 남자의 두 눈은 크고 퀭하다. 커다란 눈은 주인공의 움직임을 따라 바쁘게 움직인다. 주인공은 또 한 번 시험 삼아 삼 초간 시선을 거두었다가 다시 상자를 바라본다. 남자의 손가락이 상자의 입구를 움켜쥐고 있다. 마치 금방이라도 상자 속에서 빠져나와 주인공에게 달려올 것처럼. 주인공이 과연 어떤 결말을 맞이할지, 그 끝은 유튜브에서 직접 확인해보길 바란다.

어둠으로 가득 찬 상자와 시선을 돌릴 때마다 서서히 상자 속을 빠져나오는 크리처의 조합이라니. 간단하지만 특별한 조합으로 새로운 공포를 선물하려 한 시도에 박수를 보낸다. 이렇듯 시선을 이용하고 비틀어 공포를 창조할 수 있는 방법은 무궁무진하게 많다. 시선이 주는 공포는 또 한없이 간단하기도 하다. 귀신이 코앞까지 다가와 노려보고 있다면 겁에 질리지 않을 사람이 어디 있겠는가? 타격감이 좋은 나에게는 굳이 가까이 다가올 필요도 없다. 그러니 귀신들은 자꾸만 나의 머릿속에 등장하는 모양이다. 멀찌감치에 슬쩍 서서 바라보는 것만으로 극상의 효율을 뽑아낼 수 있으니까. 귀신들에게 나는 가성비가 좋은 인간으로 유명할 게 분명하다.

　지금도 나는 종종 어디선가 나를 바라보고 있을 누군가를 떠올린다. 앞으로 시선을 이용한 또 어떤 새로운 작품이 등장하든, 나는 착실하게 겁을 먹을 것이고 확신과 불확신이 주는 공포 속에서 성실하게 길을 잃을 테다. 그러니 오늘도 그 두 눈을 상상하지 않으려고 애쓰면서 잠자리에 들어야 한다. 만약 오늘 밤 가위에 눌린다면, 제발 두 눈을 감은 채이기를 간절히 기도해야겠다.

3. 우리 집은 안전해?

쿠폰 할인을 받아 간신히 12000원짜리 영화표를 끊고, 영화표와 비등한 값을 치르고 산 팝콘과 콜라를 양손 가득 들고 있을 때면 나는 종종 얼굴을 잔뜩 찌푸리고 과거를 회상하며 주절주절 불평을 늘어놓는 잘못을 저지르게 된다. 그래, 그랬던 시절이 있었다. 영화 한 편을 7000원에 볼 수 있었던 시절, 그보다 적은 돈으로 라지 사이즈 팝콘 한 통을 살 수 있었던 시절, 굳이 영화 예고편과 후기를 찾아보며 심사숙고할 필요도 없이, 그럭저럭 재미가 없으면 없는 대로, 있으면 있는 대로 만족할 수 있었던 시절이.

　스무 살이 되어 상경하기 전까지 나는 버스를 타고 30분 거리에 있는 시내에 나가야 영화를 볼 수 있는 도시에 살았다. 사람이 많이 드나드는 백화점에는 대형 멀티플렉스 영화관이 자리를 잡고 있었다. 시내 중심부에 있는 백화점이었던 만큼 영화관은 언제나 사람들로 붐볐다. 주말에는 미리 예매해놓지 않으면 자리가 없을 정도였다. 하지만 내가 즐겨 이용했던 영화관은 백화점에 딸린 것이 아니라, 시내에서 약 십오 분 정도 떨어진 거리에 있는 영화관이었다.

그 영화관 역시 아직까지 건재하게 이름을 날리고 있는 3사의 영화관 중 하나였지만, 시내 중심에서 약간 떨어져 있기 때문인지, 백화점이 아니라 일반 상가에 입점해 있어 묘하게 스산한 분위기를 풍겨서인지 주말에도 사람이 그리 많지 않았다. 사람이 많지 않은 영화관이 자아내는 기묘한 긴장감을 아는가? 갈수록 그 영화관에 드나드는 사람은 줄어들었고 덕분에 영화관은 점점 더 무서워지며 악순환의 굴레에 빠졌다.

하지만 그 당시 주말에 즐길 수 있는 취미가 영화뿐이었던 나에게 사람이 없는 영화관은 천국 그 자체였다. 보고 싶은 영화가 쏟아져 나올 때면 친구와 함께 하루에 영화를 세 편씩 보기도 했다. 세 편을 봐도 21000원이던 시절이기에 가능했던 일이다. 미리 영화 시간표를 보며 계획을 짜놓는 등 거창하게 벌이는 취미 활동은 아니었다. 오전에 만나 일단 보고 싶었던 영화 한 편을 보고, 밥을 먹는다. 그리고 매표소로 달려가 (그때는 키오스크가 없었거나, 있어도 개수가 많지 않았던 걸로 기억한다.) 제일 빠르게 볼 수 있는 영화를 하나 끊는다. 영화를 재밌게 보고 나오는 길에 다시 매표소에 들른다. 또 제일 빠르게 볼 수 있는 영화를 끊는다. 중요한 건 나의 취향이나 관심사가 아니라 흐름이 끊기지 않게 영화를 계속 보는 것이었기 때문에, 그때쯤 되면 전혀 예상치 못한 영화도 보게 되기 마련이었다.

내가 〈파라노말 액티비티〉 시리즈를 만나게 된 건 영화관에서 하루에 영화를 세 편씩 보던 나름의 일탈 덕분이었다. 아직도 생생하게 기억 나는 2010년의 겨울, 나와 친구는 두 번째 영화까지 만족스럽게 관람하고 매표소 앞에 섰다. 상냥한 얼굴의 직원에게 제일 빠르게 볼 수 있는 영화를 물었고, 환한 미소와 함께 〈파라노말 액티비티〉라는 답이 돌아왔다. 우리는 잠깐 고민에 빠졌다. 나는 그때까지만 해도 영화관에서 공포 영화를 본 적이 한 번도 없었다. 중학생이었던 나는 엄청난 겁쟁이였고, 『무서운 게 딱 좋아!』 만화책을 빌려 보거나 비디오방에서 빌려 온 〈데스티네이션〉 시리즈를 엄마와 팔짱을 꼭 끼고 보는 것 정도로 공포물에 대한 갈증을 달래고 있었다. 그런데 영화관에서 엄마도 아닌 친구와 공포 영화를 본다니! 나에게는 엄청난 도전이었고, 지금 생각해보면 또 하나의 세계가 열리는 순간이었다.

나는 인터넷에 돌아다니는 유명한 사진처럼 영화를 보다가 팝콘을 던져버리고 마는 건 아닐지 심각하게 고민하다, 잔뜩 긴장한 채로 영화관에 들어가 앉았다. 시간대는 애매하게 네 시 즈음이었으며 하필 상영관은 텅 비어 있었다. 관객은 우리를 제외하고 채 열 명도 되지 않았던 걸로 기억한다.

영화는 어땠냐고? 무서웠다. 아주아주 끔찍하게 무서웠다. 〈파라노말 액티비티〉는 그 당시에도 꽤 호불호가 갈렸던 영화다. 대부분의 공포영화가 그렇듯 너무 무섭다는 편과 이게 뭐가 무섭냐는 편으로 갈렸는데, 나는 당연히 너무 무섭다를 넘어 무서워 죽겠다는 쪽이었다. 그 후로도 나는 벅차오른 공포 애호가가 될 때마다 〈파라노말 액티비티〉를 적극적으로 영업하게 되었다. 내가 이 영화에 집착 아닌 집착을 하는 이유는 하루에 영화 세 편 보기를 함께한 친구와의 소중한 추억도 있지만, 나에게 '하우스 호러'라는 새로운 세계로 향하는 문을 활짝 열어준 작품이기 때문이다.

주인공 '케이티'는 어렸을 적부터 누군가가 자신의 주위를 맴돌고 있다고 생각해왔다. 성인이 되어 남자친구 '미카'와 함께 2층 주택에 사는 지금, 물건이 떨어지고 이상한 소리가 나는 등 괴현상이 자꾸만 나타나자 그들은 일상을 모조리 녹화하기 시작한다. 하지만 카메라를 켰다는 사실에 분노하기라도 한 것처럼 괴현상은 오히려 더 심해지고, 자고 있는 그들의 침대 옆에 발자국을 남기거나 한밤중에 침실 문이 저절로 닫히는 등 '누군가'의 악행은 그칠 줄을 모른다. 케이티와 미카는 퇴마사를 부르는 등 갖은 노력을 다하지만 상황은 나아질 기미를 보이지 않는다….

영화는 미카가 촬영한 카메라 영상으로 진행되는 파운드 푸티지 형식을 취하고 있다. 낮에는 미카가 직접 촬영한 일상을, 밤에는 미카가 방에 설치해둔 카메라에 찍힌 영상을 빨리감기로 보여주는 방식이다. 〈파라노말 액티비티〉는 공포 영화에 흔히 쓰이는 점프 스케어 나 각종 연출들을 마구 등장시켜 관객을 정신 못 차리게 하는 영화가 아니다. 쉴 새 없이 카운터 펀치를 날리는 대신 긴장감을 조성해 관객을 서서히 조여가는 게 이 영화의 전술이다.

초반은 단순히 물건이 떨어지거나 이상한 소리가 들

Found footage. 출처 불명의 영상을 가장하는 페이크 다큐멘터리 장르의 일종.

Jump scare. 공포 영화에서 많이 사용되는 연출. 갑작스레 무언가가 튀어나와 관객들을 직접적으로 놀래키는 방식을 말한다.

리는 정도의 일상으로 시작한다. 그들이 아침에 일어나 영상을 확인한 뒤에야 깨달을 정도로 사소한 것들이다. 하지만 시간이 흐를수록 '누군가'는 자신의 존재를 드러내는 데 거리낌이 없다. 미카가 사 온 위저보드에 불을 붙이고 한밤중에는 그들이 뿌려놓은 가루를 밟고 다가와 복도에 발자국까지 남기며, 그들을 덫 속으로 서서히 밀어 넣는다.

앞서 설명했듯이 영화는 미카가 직접 촬영한, 약간은 정신없고 시끄러운 낮의 일상과 고정된 카메라가 촬영하는 조용한 한밤중의 영상이 교대로 등장하며 진행된다. 밤 시간대를 촬영한 영상은 빨리감기로 흐르다가 뭔가가 벌어지는 순간 원래의 속도로 돌아오는데, 그럴 때마다 나는 또 무슨 일이 일어날지 몰라 잔뜩 긴장한 탓에 속으로 한숨을 푹푹 쉬었다.

처음엔 아무 일도 일어나지 않을 것처럼 보인다. 그러다 아래층에서 이상한 소리가 간헐적으로 들리기 시작한다. 관객들은 그 작은 소리 하나하나에 집중하며 팝콘을 씹지도 못하고 얼어붙는다. 아무도 없는 복도에 저절로 불이 켜지고, 발소리가 들리더니 그들이 자는 침대 옆에서 멈춘다. 케이티와 미카가 인기척을 느끼고 눈을 뜨는 찰나, 누군가가 달려 나가는 소리가 들리며 침실 문이 쾅! 닫

혀버린다. 그때 경험했던 공포를 지금도 잊을 수가 없다. 나는 영화가 끝난 후 집으로 달려가 '벅차오른 공포 애호 가'의 마음으로 나를 겁에 질리게 만든 그 장면에 대해 한 참을 떠들었으나 슬프게도 가족들 모두 그리 큰 반응을 보이지는 않았다. 혹시나 이 글을 읽고 〈파라노말 액티비티〉에 관심이 생겼다면 사위가 고요한 밤을 골라 간식도 휴대폰도 멀리하고 구십 분간 집중하는 시간을 가져보기를 추천한다. 〈파라노말 액티비티〉는 그 어떤 방해도 없이 온전히 몰입했을 때 빛을 발하는 영화다.

다행히 팝콘을 집어 던지는 일은 없었지만 나는 구십분 동안 강도를 너무 세게 올린 안마 의자에 앉아 있었던 것 같은 몸 상태가 되어 영화관을 나왔다. 하지만 진짜 공포는 영화관을 나왔을 때 시작되었다. 그날 밤, 잠들기 위해 이불 속으로 들어간 나는 침묵이 내려앉은 와중에 집이 만들어내는 각종 소음에 나도 모르게 귀를 기울이게 되었다. 가전제품이 '윙-' 하고 작동하는 소리, 벽 내부에서 목재가 쩍, 하고 갈라지는 듯한 소리, 어디선가 문이 끼익거리며 움직이는 소리. 잠깐, 문이 움직이는 소리라니? 나는 눈을 번쩍 뜨고 고개를 돌려 방문을 바라보았다. 밖에 누군가 서 있을 경우를 대비해 열려 있어야 하지만 또 너무 활짝 열려 있어선 안 된다는 나의 고집 덕분에 적당한 틈을 두고 열려 있는 문. 문은 내가 이불 속으로 들어갈 때 본 상태 그대로였다. 그렇지만 나는 한동안 문에서 눈을 뗄 수가 없었다. 누군가 걸어오는 발소리가 들릴까 봐, 소름 끼치는 소리와 함께 문이 열릴까 봐, 누군가 내 이불을 걷어내고 발을 잡아당길까 봐. 깨달아버린 거다. 우리 집이 언제든지 공포의 근원지가 될 수 있다는 사실을. 하우스 호러라는 낯선 세상이 선사하는 감각을.

하우스 호러는 말 그대로 집에서 일어나는 공포를 의미한다. 그게 어떤 종류의 공포가 되었든, 집이 평온한 보금자리가 아니라 공포의 대상으로 탈바꿈하는 순간 하우스 호러라는 장르를 거머쥘 수 있을 것이다. 우리는 공포로부터 도망갈 수 없다. 공포가 도사리고 있는 곳이 다른 곳도 아닌 집이니까. 집은 쉽게 버릴 수도, 벗어날 수도 없는 공간이다. 때문에 우리는 공포에 맞서 알 수 없는 존재를 물리쳐야 하는 상황에 놓인다. 어떻게든 '홈 스위트 홈'을 되찾아야 하고, 집이 주는 아늑함을 다시 느껴야만 한다.

〈파라노말 액티비티〉 덕분에 나는 진정한 하우스 호러의 참맛을 알게 되었다. 이 영화가 전혀 무섭지 않고 지루하다는 이들은 감히 추측해보건대 상상력을 충분히 발휘하지 않았는지도 모른다. 우리 집에 무언가 있을지도 모른다고 상상하지 않았기에 영화가 끝난 후에 찾아오는 진정한 공포를 느끼지 못했을 거라고, 조심스럽게 첨언해본다. 그 후 나는 〈파라노말 액티비티 2〉〈파라노말 액티비티 3〉까지 꾸준히 챙겨 보는 팬이 되었지만 구관이 명관이라고 첫 작품만큼 강렬한 공포를 경험하지는 못했다. 그런 나에게 선물처럼 찾아온 작품이 바로 〈컨저링〉이다. 유명세에 걸맞은 공포를 갖추고 있는 그 작품, '무서운 장면 없이 무섭다'는 캐치프레이즈로 유명한 그 작품 말이다.

무서운 장면이 없기는 무슨, 〈컨저링〉에는 무서운 장면이 아주 많고 그것들은 하나같이 제 역할을 성실하게 수행한다. 나는 다행히 수능이 끝나고 할 일이 없는 친구들과 함께 모여 교실에서 〈컨저링〉을 보았다. 문제의 그 장면에서는 친구를 부여잡고 함께 비명을 지르며 버틸 수 있었다. 대낮의 환한 교실에서도 그렇게 겁을 먹었는데, 만약 영화관에서 〈컨저링〉을 만났다면… 상상할 수도 없다.

1971년 어느 낡은 저택에 단란한 대가족이 이사를 온다. 그리고 넷째 딸의 몽유병이 심해지고 시계가 항상 같은 시간에 멈추거나 무언가 썩는 냄새가 나는 등 괴현상이 나타나기 시작한다. 당연히 괴현상은 점점 더 심해지며 가족들을 괴롭힌다. 또 당연히, 이 저택에는 비밀이 숨겨져 있다. 관객들은 저택의 과거를 파헤치는 퇴마사 부부의 뒤를 따라가며, 평범하기 그지없던 가족들이 끔찍한 존재와 맞서 싸워야 하는 순간을 조마조마한 심정으로 바라보게 된다.

〈파라노말 액티비티〉와 〈컨저링〉 이후에도 나는 집을 배경으로 한 수많은 공포 게임을 만났다. 게임들은 모두 비슷한 시작과 흐름을 공유했다. 플레이어는 경찰 혹은 퇴마사, 길을 잃은 사람이 되어 어느 거대한 저택에 들어간다. 저택의 분위기는 심상치 않고, 괴현상은 자연스럽게 일어나며, 과거 이곳에 살던 사람들에 얽힌 무시무시한 비밀이 있다. 다양한 하우스 호러를 만나다 보면 나름대로 자신만의 '하우스 호러 법칙'을 세우게 되는데, 나만의 하우스 호러 법칙은 다음과 같다.

1. 저택에는 지하실이 있다.
2. 지하실이 없으면 다락방이 있다.
3. 아니면 둘 다 있다(제일 짜증 나는 경우).
4. 둘 다 들어가고 싶지 않게 생겼다.
5. 근데 들어가야 한다.

우스갯소리로 농담처럼 읊는 법칙들이지만 실제로 대부분의 하우스 호러 콘텐츠에 이 법칙들이 적용된다.

〈파라노말 액티비티〉에는 다락방이라고 부르기는 어려울 수도 있지만 어쨌든 물건을 둘 수 있는 작은 다락이 등장했고, 〈컨저링〉에는 딱 봐도 들어가기 싫게 생긴 (하지만 들어갈 수밖에 없는) 지하실이 있다. 또 집을 배경으로 한 공포 게임에는 99퍼센트 지하실이 나온다. 이건 농담이 아니라 진심인데, 지하실이 없는 공포 게임은 팥 없는 붕어빵과 같다. 보관된 물건을 찾으러 가거나, 끊긴 전력을 복구하러 가거나, 좋든 싫든 게임은 '지하실 가기'를 목표로 제시할 테고 우리는 울며 겨자 먹기로 목표를 따라가게 될 것이다. 지하실은 귀신들의 사랑스러운 보금자리다.

'지하실과 다락방 법칙'을 세운 이후 나는 한동안 하우스 호러를 겁내지 않았다. 현실과는 너무 동떨어진 세계였기 때문이다. 하우스 호러는 최소 2층 이상 되는 거대하고 낡은 저택을 배경으로 하며, 먼지투성이 지하실과 다락방이 딸려 있어야 한다. 하지만 현실 속의 나는 언덕 꼭대기에 있는 작은 빌라를 오르내리며 헉헉대느라 바빴고, 집에 숨겨진 공간이라고 해봤자 쓰레기봉투를 보관하는 수납장 정도였다. 우리 집에서 벌어질 수 있는 제일 무서운 일은 습기 때문에 빨래가 덜 마르거나 화장실 배수구가 막히는 것이었다. 그래서 거대하고 고풍스러운 저택에서 벌어지는 공포를 마주할 때마다 나는 기묘한 안도감을 느끼곤 했다. 저거 봐, 집이 넓으면 저게 문제라니까. 지하실에 악령이 살잖아. 지하실을 봉인해도 모자랄 판에 꼭 열어서 헤집어놓는 인간들도 문제고. 아, 우리 집은 좁아서 정말 다행이야. 나는 그렇게 어딘가 잘못된 승리감에 취했고, 하지 말라는 짓은 꼭 해야 직성이 풀리는 서양인들의 아둔함을 비웃었다. 하우스 호러라는 장르는 거대한 저택보다는 아파트와 빌라가 익숙한 평범한 동양인인 나에게 일시적으로 스쳐 지나가는 공포에 불과해 보였으나, 그런 나의 뒤통수를 후려치듯 한국 사회에 하우스 호러를 기가 막히게 버무린 작품들은 쉬지 않고 튀어나왔다. 영화 〈숨바꼭질〉이 그랬고, 책 『뒤틀린 집』이 그랬다.

거대한 저택이 나에게 너무 낯설다는 사실 외에도 하우스 호러에 겁먹지 않을 이유는 여전히 충분한 듯했다. 요즘 같은 시대에 소름 돋는 비밀에 잠겨 있는 낡은 저택을 그대로 내버려둘 이유가 어디 있겠는가? 사람들은 내가 생각한 것보다 더 빠르게 움직인다. 낡은 집들은 무너지고 그 자리엔 새로운 건물들이 솟아오른다. 삐걱대는 목재 대신 매끈한 대리석으로 반짝이는 집들이 우리를 에워싼다. 최신식 보안 장치로 무장한 집들을 보고 있노라면, 지하실에 숨어 사는 귀신 따위는 우리를 더 이상 괴롭히지 못할 것 같다. 그렇지만… 앞서 말했듯 사람들은 내 생각보다 더 빠르게 움직였고, 매끈한 대리석 위에서도 얼마든지 새로운 공포를 창조해냈다.

루스 웨어의 소설 『헤더브레 저택의 유령』 속 주인공 '로완'은 스코틀랜드 하이랜드에 위치한 헤더브레 저택에 입주 아이 돌보미로 들어간다. 헤더브레 저택은 빅토리아풍 저택을 개조한 '스마트 하우스'다. 주인공 로완의 말을 인용하자면 '고루한 빅토리아 시대 분위기 사이로 미래 지향적인 모던함이 툭툭 삐져나온' 곳이다.

집 뒤쪽을 싹둑 잘라내서 파격적이다 못해 충격적일 정도로 현대적인 21세기 저택에 갖다 붙여놓은 것만 같았어요. 유리 천장까지 높이 치솟은 금속 기둥들이 있었고, 복도의 빅토리아풍 납화 바닥이 갑자기 끊어지더니 반질반질하게 윤이 나는 콘크리트 바닥이 이어졌어요. 거칠고 딱딱한 브루탈리즘 양식의 대성당과 현대적 주방을 합쳐놓은 것 같았어요.🎣

🎣 루스 웨어, 이미정 옮김, 『헤더브레 저택의 유령』, 하빌리스, 2020, 64쪽.

헤더브레 저택은 모든 걸 휴대폰으로 조작할 수 있는 스마트 하우스다. 휴대폰 하나만 있으면 조명 제어와 난방 조절부터 시작해서 음악을 틀고 전화를 받거나 커튼을 여닫는 일까지 모두 할 수 있고, 모든 방마다 스위치 패널과 카메라가 설치되어 있다. 엄마 '산드라'는 카메라로 아이들이 방에서 얌전히 놀고 있는지 살펴보며, 간단한 조작으로 부엌에서 아이들에게 말을 건다. 주인공 로완은 이런 분위기에 쉽게 익숙해지지 못하지만, 헤더브레 저택에 스며들고 싶다는 일념 하나로 버틴다. 물론 로완의 방 역시 조명부터 시작해서 샤워기 세팅까지 모두 스위치 패널로 이루어진다.

작가는 모든 걸 손가락 터치 하나로 조절할 수 있는 헤더브레 저택과 유령이라는 괴상한 조합을 통해 독자들에게 묘한 긴장감을 불어넣는다. 로완이 면접을 보고 돌아가던 날, 산드라의 딸 '매디'는 로완을 껴안고 울먹이며 속삭인다. "여기 오지 마세요. 유령들이 싫어할 거예요." 매디의 경고를 무시하고 헤더브레 저택에 들어온 로완은 한밤중에 누군가 위층을 걸어 다니는 소리를 듣는다. 끼이익… 끼이익… 끼이익… 소리는 끊이지 않고 희미하게 이어지며 로완을 괴롭히기 시작한다. 로완의 방은 저택 맨 위층에 있는데도 말이다. 헤더브레 저택의 지붕 아래에 오랫동안 머무르고 싶었던 로완의 일상은 그렇게 서서히 무너져 내린다.

이렇듯 하우스 호러는 거대하고 낡은 저택뿐 아니라 좁은 아파트와 빌라, 현대식 기계 설비를 갖춘 집까지도 배경으로 삼을 수 있다. 아늑하고 편안한 보금자리가 있다는 건 하우스 호러라는 장르에 어쩔 수 없이 약점을 내어 준다는 것을 뜻한다. 숨 가쁜 일과를 마치고 홈 스위트 홈을 떠올리며 발걸음을 떼는 순간 하우스 호러는 우리의 빈틈을 파고들고, 남모르게 찰싹 달라붙어 숨을 죽인 채로 때를 기다린다. 우리가 화장실에서 얼굴에 찬물을 끼얹는 때를, 어둠에 잠긴 창문 너머를 스스로도 모르게 멍하니 바라보게 되는 때를, 잠들기 직전 마지막으로 주변을 돌아보고 불을 끄는 그때를.

지금도 나는 악령과 원귀 들이 우리 집에 찾아올 일이 없도록 갖은 노력을 기울이며 살고 있다. 머리를 문 쪽으로 하고 자면 귀신이 들어온다는 말을 들은 이후로는 실수로라도 문을 향하는 일이 없도록 각별히 주의하고, 침대에 누울 때는 귀신이 붙잡을세라 발을 이불 속으로 꼼꼼히 밀어 넣는다. 샤워를 하다가도 재빠르게 눈을 뜨고, 한밤중에 이상한 소리가 들리면 옆집에서 또 괴상한 짓을 벌이고 있겠거니 하며 스스로를 다독인다. 나는 이 세상 그 누구보다 집이 두려움의 대상이 되는 것을 무서워하기 때문이다.

혹시 아직도 하우스 호러가 뭐가 무서운지 도통 이해하지 못하겠다면, 오늘 밤 잠자리에 누워 가만히 눈을 감고 들려오는 소리에 집중해보면 어떨까? 『헤더브레 저택의 유령』 속 로완처럼 말이다. 언젠가 찾아올지도 모른다, 당신의 일상을 무너트리고 갉아먹을 그 소리가. 끼이익… 끼이익… 끼이익….

4. 우리는 누구를 무서워하는가

어릴 적 나는 그림 그리는 걸 좋아했다. 책을 읽고 각종 상상의 나래를 펼치는 것 외에 유일하게 애정을 갖고 있던 취미였다. 나는 나무 책상 위에, 교과서 한구석에, 노트의 빈 페이지에 틈만 나면 낙서를 휘갈겼다. 장래에 훌륭한 공포 애호가로 자라날 떡잎은 당연히 으스스하고 무서운 풍경을 담은 그림도 그렸다. 황량한 들판 위에 다 쓰러져가는 낡은 저택을 세우고 창문 안에는 밖을 내다보고 있는 귀신을 집어넣었다. 들판이 깊은 산속이 되기도 하고 저택이 빌라가 되기도 하는 등 배경은 매번 바뀌었지만, 꼭 마지막에 그려 넣어야 했던 귀신은 항상 같은 모습을 하고 있었다.

소복을 입고 검고 긴 머리를 축 늘어뜨린 귀신의 눈가는 새까맣고 입술은 빨갰다. 간혹 붉은 입술 아래로 피가 흐르기도 했다. 나에게 귀신은 그런 존재였다. 끔찍한 얼굴을 하고 입이 찢어져라 웃고 있는 여자. 나는 귀신을 무서워하는 어린이였고, 주변 사람들 역시 나와 비슷한 이미지를 머릿속에 담고 있다는 사실에 한 번도 의문을 품지 않은 채 어른이 되었다. 대학에 가서도 마찬가지였다. '왜 우리는 귀신을 생각하면 마치 교육이라도 받은 듯이, 소복에 긴 머리를 한 여자를 떠올릴까? 어째서 우리는 무의식적으로 같은 이미지를 공유하고 있는 걸까?'라는 질문을 떠올리기엔 세상에 재밌는 게 너무 많았다.

재밌는 대학 생활이 끝을 달리고 있을 즈음 '문화원형 콘텐츠 연구'라는 강의를 듣게 되었다. 나는 그 강의를 통해 콘텐츠를 해석하고 바라보는 새로운 시각을 얻었다. 단순히 이야기를 읽고 재미와 즐거움을 얻는 것을 넘어서 이야기의 뒷면에 숨겨져 있는 배경과 의미를 파악하는 방법을 배운 것이다. 왜 우리는 귀신을 상상할 때 약속이라도 한 것처럼 똑같은 이미지를 떠올리는지 궁금해진 것도 그 무렵이었다. 전형적인 여자 귀신의 모습은 언제 어디에서 시작되어 우리의 머릿속에 자리 잡게 되었을까? 우리는 대체 누구를 무서워하고 있는 걸까? 『처녀귀신: 조선시대 여인의 한과 복수』에는 이런 구절이 나온다.

한국 귀신의 전형이 처녀귀신이라는 것은 곧 '처녀'야말로 한국사회의 약자, 억압받은 존재였음을 의미한다. (…) 여자 귀신을 원귀로 상상했다는 것은 현실의 여성들도 풀어내지 못한 한과 응어리를 귀신이 되어서도 간직한 채 살았음을 뜻한다. 더 중요한 것은 여성은 오직 죽어서 귀신이 되어서야 비로소 자신의 목소리를 낼 수 있었다는 점이다.🦑

귀신은 당대 사회가 억압하던 존재이며, 사회에서 배척당하고 소외된 약자를 의미한다는 사실은 나에게 큰 충격을 안겨주었다. 동시에 여성이 귀신으로 등장하는 수많은 콘텐츠가 나를 스쳐 지나갔다. 내가 사랑하는 영화 〈장화 홍련〉부터 각종 귀신이 등장하는 〈전설의 고향〉까지. 각자의 원한을 품고 복수를 꿈꾸는 여자 귀신들의 역사를 거슬러 올라가던 나는 원귀 서사의 전형이라 할 수 있는 아랑 설화에 다다랐는데, 그 내용은 이렇다.

경남 밀양 부사의 딸 아랑은 용모가 빼어나고 재주가

🦑　최기숙, 『처녀귀신: 조선시대 여인의 한과 복수』, 문학동네, 2010, 8쪽.

넘쳐 남자들이 선망하는 대상이었다. 그런 그를 남몰래 흠모해왔던 한 통인[*]이 유모를 매수하여 한밤중에 아랑을 겁탈하려 했는데, 아랑이 거세게 저항하자 그를 찔러 죽이고 시체를 유기했다. 딸을 잃은 밀양 부사는 서울로 돌아갔다. 그 후 밀양에서는 후임 부사들이 부임 첫날 죽어 나가는 일이 발생한다. 부임하자마자 죽어버리니 그 누구도 밀양으로 가지 않으려 하는 와중에 담력이 뛰어난 신임 부사가 밀양으로 내려온다. 부임 첫날 원귀가 된 아랑을 만난 그는 지금까지 부임한 부사들이 아랑의 원혼에 놀라 죽었다는 것을 알게 되었고, 아랑의 억울한 사연 또한 듣게 된다. 그의 원한을 알게 된 부사가 다음 날 아침 관청 사람들을 모두 모으자 아랑의 원혼이 나비로 변해 자신을 살해한 통인 위에 앉았다. 부사가 범인을 잡아 처형하니 그 이후로는 신임 부사들이 죽음을 맞는 일이 없었다고 한다.

아랑과 같이 한국 귀신의 전형으로 여겨지는 처녀귀신은 어린 여성들이 그동안 한국 사회에서 약자이자 억압받는 역할을 도맡아왔음을 보여준다. 죽어서도 관직에 오

[*] 조선 시대 지방 관청에 속한 이속(吏屬). 지인(知人)이라고도 하며, 수령(守令)의 심부름, 행차 수행, 명령 전달 등의 일을 했다.

르거나 집을 지키고 가정을 수호하는 남자 귀신들과는 달리, 처녀귀신들은 권력을 가진 자의 앞에 나타나 억울함을 호소하고 원한이 풀리면 사라지는 경우가 대부분이었다. 복수에 나선 처녀귀신은 권력을 가진 사대부 남성의 능력을 강조하고 그들의 사회적 진출을 돕는 도구로 남는다. 직접 복수할 수 있는 능력이 충분한데도 권위를 가진 남성에게 해원(解冤)을 부탁한 것은 그들이 그 당시의 유교 질서를 내면화한 존재였기 때문이다.

처녀귀신은 그 당시 여성들이 두려워 떨며 지키고자 했던 '정절'에 대한 누명을 쓰곤 한다. 그들은 죽어 귀신이 된 후에도 현실 이데올로기에서 벗어날 수 없었다. 그들은 남성들에게 복수를 위임하고, 누명을 벗겨달라고 부탁한다. 가해자를 처벌한 남성 관리들은 귀신의 세계를 받아들이는 것처럼 보이지만 결국 귀신들의 원한을 풀어줌으로써 그들을 현실에서 완전히 추방하며, 불안정한 현실을 정리하고 문제를 해결하는 능력을 인정받는다.

"야담집에 등장하는 남자귀신은 현실적 삶의 연장선상에 존재한다. 그들은 이야기 속에서 현실에서의 모습이나 지위를 그대로 유지한 채 등장한다. 죽은 뒤에도 현실에 나타나 살아생전의 사회적 역할과 지배력을 행사하는 것이다." 최기숙, 앞의 책, 41~42쪽.

아랑 역시 마찬가지다. 남성이 저지른 폭력의 희생양이 된 아랑은 죽어서도 편히 쉬지 못하고 이승과 저승을 떠돌다가 원귀로 나타난다. 아랑은 억울함을 호소하기 위해 끊임없이 나타나 사람들을 두려움에 떨게 하며, 본인의 입으로 직접 사연을 고백하고 해원을 부탁한다. 자신의 모습에 놀란 관리들이 계속해서 죽어 나갔음에도 아랑은 포기하지 않았다. 비록 죽은 이후였지만 그는 가부장적 질서 아래에서 벌어지는 남성 폭력을 끄집어내어 고발하고 꾸준히 처벌을 요구했다는 점에서 주체적인 캐릭터로 해석할 수 있다. 그러나 범인에게 직접 복수하지 않고 사대부 남성이라는 대리인에게 처벌을 부탁한 것은 통인이 퍼트린 '외간 남자와 눈이 맞아 도망갔다'는 누명에서 벗어나기 위해서였다. 아랑이 가부장적 질서에 저항했음에도 불구하고 결국 남성 중심 질서 아래로 편입되는 모습을 보여주는 것이다. 이처럼 아랑 설화는 가부장적 질서를 비판하고 공격하면서도 시대적 한계에서 완전히 벗어나지는 못했다.

한을 가진 처녀귀신이 한밤중 지위가 높은 관리 앞에 나타나 억울함을 호소하고, 관리는 그들의 대리인이 되어 원한을 대신 갚아준다는 설화는 매우 익숙하다. 원귀 서사의 전형이라 할 수 있는 아랑 설화는 TV 드라마, 영화를 비롯해 다양한 콘텐츠로 재생산되며 우리 곁에 남아 있다. 이제는 지겹다고도 할 수 있는 귀신들의 이야기가 끊임없이 변화하고 재해석되어 이어져오고 있는 이유는 무엇일까? 억울한 일을 당하고도 도움을 청할 곳이 없었던 여인들이 죽어 귀신이 된 후에야 목소리를 낼 수 있었다는 비극이, 그들이 간직한 한의 정서가 우리 머릿속에 강렬한 인상을 남기기 때문일 것이다.

처녀귀신은 오늘날에도 여러 문화 콘텐츠 속에서 재생산되는 유명 인사다. 다양한 작품 속에 반영되는 처녀귀신들의 모습은 단순한 오락거리에 머물지 않고, 우리 사회가 여성을 어떻게 바라보고 있는지, 그 인식의 변화를 반영한다. 나는 아랑 설화를 근간으로 삼은 다양한 콘텐츠들이 시대에 따라 어떻게 달라지는지, 그 변화에 주목했다.

1996년 〈전설의 고향〉 시리즈의 한 에피소드로 방송된 '나비의 한'은 아랑 설화를 토대로 만들어졌다. 큰 각색이나 변화 없이 아랑 설화를 전해지는 대로 재현했으며, 전통적인 유교 이데올로기에 기반한 메시지를 전하고 있다. 메인 캐릭터는 해원을 부탁하는 '아랑'과 아랑의 부탁을 들어주는 관리 '이 선비'다.

이 선비는 조선 시대 사대부 남성의 전형이다. 그는 지방 백성들의 안위를 누구보다 걱정하는 자애롭고 올곧은 선비이며, 귀신을 두려워하지 않는다. 언뜻 보면 귀신의 세계를 받아들이는 인물이라고 할 수도 있겠으나, 그는 귀신을 '다스려야 하는 존재'라고 표현한다. 귀신을 확인하는 일은 그에게 어디까지나 '재미'에 불과하다. 밀양으로 내려간 그는 벌벌 떠는 통인들을 꾸짖으며 보란 듯이 부사들이 죽어 나간 거처에 머무르는 용기를 보인다. 스산한 울음소리와 함께 등장한 아랑을 보고도 기절하지 않고 호기롭게 외친다. "사람이냐, 귀신이냐!" 그 앞에서 아랑은 오늘에서야 존엄하신 선비님을 뵙게 되었다고 말하며 해원을 부탁한다. 후반부에 범인을 찾아내기가 어려워지자 아랑에게 도움을 청하는 등 아랑의 사연에 진심으로 공감하고 슬픔을 느끼기도 하지만 결국 아랑을 돌려보내고 현실의 안정을 추구한다는 점에서 한계가 보인다고 할 수 있다.

아랑 역시 유교적 이데올로기를 내면화한 캐릭터다. 아랑의 아버지는 아랑이 외간 남자와 눈이 맞아 도망갔다는 소식에 충격을 받고 '가문의 명예를 더럽힌 내 딸 아랑은 죽었다'며 울부짖는다. 정절을 지키지 않고 사랑을 찾아 떠나는 것은 여인들이 저지를 수 있는 최대의 죄였으며 불효였다. 그래서 이 선비의 앞에 나타나 해원을 부탁하는 아랑은 다음과 같이 말한다.

아랑: 소녀, 전관 윤 부사의 무남독녀 아랑이라 하옵니다.

이 선비: 그의 여식이 사내와 정분이 나 달아났다고 하더니, 바로 네로구나.

아랑: 그리 했다면, 제 무슨 낯으로 어르신을 찾아 뵐 수 있으리까. 제 아비 또한 그리 아시고 관직과 세상을 버리려 하시니, 이 불효지죄를 반드시 씻어주시옵소서.

사내와 달아난 것은 여인으로서 차마 얼굴조차 들고 다닐 수 없는 죄였음을, 정절을 지키지 못한 죄가 곧 부모를 효성스럽게 섬기지 못한 죄였음을 아랑은 스스로 말하고 있다. 아랑이 등장만으로도 부사들을 벌벌 떨게 만들며 직접 복수할 수 있는 존재임에도 불구하고 이 선비에게 부탁하는 이유는 정절에 대한 누명을 벗기 위해서다. 범인이 잡혀 들어갔는데도 아랑의 시체에서 칼이 뽑히지 않자 이 선비는 아랑에게 속삭인다. "한양의 아버님께도 억울한 사연을 알려 낭자의 불효지죄를 씻게 하겠소이다." 그제야 아랑의 시체에서 칼이 뽑혀 나가고, 아랑은 편안한 죽음을 맞는다.

1997년, 택시 기사에게 성폭행당한 대학생이 가해자를 반드시 잡아달라는 유서를 남기고 스스로 목숨을 끊었다. 당시 MBC 뉴스데스크는 다음과 같은 멘트를 내보

냈다.

"성폭행을 당했다는 수치심이 꽃다운 나이의 여대생을 죽음으로 내몬 것입니다. 짤막한 유서에는 자살이라는 극단적인 방법을 쓸 수밖에 없었던 답답한 심정이 배어 있습니다. (…) 수치스러운 삶 대신 죽음을 택한 이 양의 선택은 정조 관념이 희박해진 요즘 세태에 시사하는 바가 큽니다."

이는 "나비가 되어 자신의 억울한 죽음을 밝힌 아랑의 정절과 효심은 오늘날 젊은이들에게도 아름다운 귀감이 되고 있습니다."라며 끝을 맺은 '나비의 한'과도 닿아 있다. '나비의 한'이 조선 시대가 아니라 1990년대에 제작된 작품임에도 전통적인 메시지를 전할 수밖에 없었던 이유일 것이다. '나비의 한' 속 아랑은 가부장적 질서로 인해 죽음을 맞았음에도 여전히 그 질서 아래에 갇혀 있다. '나비의 한'은 '정절 아니면 죽음'이라는 메시지와 아랑과 이 선비 간의 수직적 관계를 보여줌으로써, 결국 아랑 설화의 전통적 재현에서 크게 벗어나지 못했다.

2006년에 개봉한 영화 〈아랑〉에는 여성 해원자가 등장한다. 연쇄 살인 사건을 조사하는 형사 '소영(송윤아 분)'

이다. 그는 처참한 죽음을 맞은 피해자들이 친구 사이였으며, 그들이 '민정'이라는 소녀와 연관되어 있음을 밝혀낸다. 수사 끝에 피해자들이 저지른 끔찍한 범죄가 드러난다. 그들은 과거 민정을 성폭행했으며 신고를 막기 위해 그 장면을 촬영했던 것이다. 그 후 민정은 행방불명되었으나 민정이 살았던 바닷가 마을의 소금 창고에서 귀신이 나온다는 소문이 퍼진다. 소영은 사건을 파헤치기 위해 민정이 살았던 마을까지 도달하고, 마침내 진실을 밝혀낸다.

영화에 등장하는 해원자 중 한 명인 소영은 피해자 민정과 같은 아픔을 공유하고 있는 인물이다. 그 역시 고등학생 시절 성폭행을 당한 경험이 있으며, 가해자를 찾기 위해 형사가 되었다. 왜 형사가 되었냐는 질문에 아무렇지 않게 "죽이고 싶은 사람이 있어서"라고 답할 정도로 그는 가해자에 대한 증오와 원망을 깊이 품고 있다. 가해자를 향한 분노가 깊은 만큼 그 당시의 상처 역시 쉽게 치유되지 않고 남아 있어서, 소영은 밤마다 악몽에 시달린다. 한 번도 깊게 잠들지 못하고 매일 새벽같이 잠을 깨는 그는 땀 흘리며 운동하는 것으로 분노를 다스린다. 작품 후반부에 진실이 밝혀졌을 때 민정을 위해 눈물을 흘리는 인물 역시 소영이다. 이처럼 소영은 사건을 파헤치고 진실을 밝혀내는 해원자인 동시에 민정의 입장을 누구보다 이해하고 공감할 수 있는 피해자이자 동료다.

영화 〈아랑〉에서 아랑이자 원귀인 민정은 이전과는 다른 방식으로 모습을 드러낸다. 민정은 해원을 부탁하는 원귀가 아니다. '나비의 한'의 아랑과는 다르게 직접 복수를 행하는 심판자 역할을 하며 스스로 해원을 시도한다는 점에서, 주체적으로 발전한 인물이라 할 수 있다.

민정과 소영의 관계 역시 영화 〈아랑〉에서 확인할 수 있는 변화다. 민정을 위해 눈물을 흘린 소영은 소금 창고에서 민정을 만나는 꿈을 꾼다. 꿈속에서 민정과 소영은 서로를 바라보며 환하게 웃는다. 이 장면은 피해자에 대한 공감과 위로, 연대를 통해 문제를 해결해나가야 함을 시사한다. 이 선비 앞에서 머리를 조아리던 아랑과 달리, 민정과 소영은 동등한 위치에서 서로를 바라보고 있다. 그날 이후부터 소영은 악몽을 꾸지 않으며, 포기했던 꿈에 다시 도전하면서 한층 달라진 모습을 보인다.

영화 〈아랑〉은 민정과 같은 상처를 공유하는 소영을 등장시키면서 성범죄라는 사회적 문제를 고발한다. 원귀와 해원자는 수직적 관계에서 벗어나 서로의 아픔을 진정으로 이해하고 공감하는 수평적 관계를 맺는다. 이것이 '나비의 한'과 비교했을 때 가장 큰 변화라고 할 수 있을 것이다. '나비의 한'에서는 해원을 부탁하고 들어주는 수직적 관계를, 영화 〈아랑〉에서는 서로의 상처를 이해하고 연대하는 수평적 관계를 거친 아랑과 해원자는 드라마 〈아랑사또전〉에서 새로운 관계에 다다른다. 바로 공감과 연대에서 멈추지 않고 서로를 통해 성장하고 발전하는 관계다.

〈아랑사또전〉은 2012년 MBC에서 20회에 걸쳐 방영된 드라마다. 신관 사또들이 연달아 죽어 나가는 무서운 마을로 소문난 밀양에 '은오'라는 청년이 나타난다. 어릴 적부터 귀신을 볼 줄 알았던 그는 오래전 사라진 어머니를 찾아 어머니의 행적이 끊긴 밀양에 당도했다. 한편 '아랑'은 황천길로 가던 중 우연히 포승줄이 풀려 달아난 원귀다. 그는 자신이 누구인지, 왜 죽었는지 아무것도 기억하지 못하며 저승사자로부터 달아나 삼 년째 세상을 떠도는 중이었다. 그러다 우연히 은오가 귀신을 볼 수 있음을 알고 그에게 자신이 누구인지 찾아달라고 부탁하는데, 은오는 귀찮은 일에 휘말리고 싶지 않아 아랑의 부탁을 거절하려 한다. 그러던 중 아랑의 비녀가 어머니의 것임을 발견한 은오는 아랑의 사연을 찾으면 어머니의 행방도 알 수 있으리라 생각하고, 결국 아랑의 부탁을 수락한다. 그렇게 그들은 아랑이 죽은 이유와 은오 어머니의 생사를 알아내기 위해 힘을 합치기 시작한다.

〈아랑사또전〉의 아랑은 원귀라고는 믿기지 않을 정도

로 당차고 밝으며, 자신의 죽음에 대해 알고자 하는 욕구가 강한 주체적인 인물이다. 1화에서부터 자신을 따돌린 원귀들과 다대일로 싸우는 용맹함이 나타나며, 고수레[🦑]를 받아먹기 위해 원귀들 사이로 몸을 던지는 등 당시 조선 사회에서 요구하던 조신한 여성상과는 거리가 먼 모습을 보인다. 아랑은 자신이 누구인지, 왜 죽음을 맞았는지 끊임없이 궁금해하고 고민하는 인물이다. 기억을 잃는다는 것은 내가 누구인지를 잃어버린다는 것이며, 자아를 찾지 못하고 혼란스러운 상태를 의미한다. 그러므로 아랑은 결국 '자아 탐색'의 과정에 있다고 할 수 있다. 이렇듯 〈아랑사또전〉의 아랑은 '나비의 한'과 같은 시대를 배경으로 함에도 그 당시의 이데올로기에 억압받지 않고, 주체적으로 움직이며 스스로 자아를 찾고자 하는 보기 드문 여성이다.

은오는 역적으로 몰려 노비가 된 어머니와 양반 아버지 사이에서 태어난 반쪽 양반이다. 어머니에 대한 그리움과 원망을 간직하고 있는 은오는 특별한 열정도, 명예욕도 없다. 아주 어릴 적부터 귀신에 시달렸던 탓에 이제 원귀

🦑 민간 신앙에서, 산이나 들에서 음식을 먹을 때나 무당이 굿을 할 때, 귀신에게 먼저 바친다는 뜻으로 음식을 조금 떼어 던지는 일.

의 부탁쯤이야 눈 한 번 깜짝하지 않고 거절할 수 있게 되었으며, 본인의 편의와 안정을 위해서라면 정의롭지 못한 일도 쉽게 모른 척할 수 있는 인물이다. 그러나 앞으로 나서는 법이 없었던 은오는 아랑을 만나면서 변화하기 시작한다.

사적인 감정 없이 오로지 서로의 이익을 위해 시작되었던 아랑과 은오의 관계는 시간이 흐를수록 점점 변해간다. 서로는 점차 각별해지고, 결국 둘은 사랑에 빠진다. 뿐만 아니라 그들은 사건을 해결하기 위해 노력하면서 차츰 달라지는 모습 또한 보인다. 상대방을 이해하고 공감하게 되고, 내 문제가 아니라 상대방의 문제를 먼저 생각할 정도로 성장하게 되는 것이다.

〈아랑사또전〉에서 사건 해결을 돕는 인물들은 모두 어딘가 조금씩 부족하다. 기억을 잃은 원귀 아랑, 반쪽짜리 양반이자 귀신을 보는 사또, 귀신을 보지는 못하지만 소리는 들을 줄 아는 무당, 마음은 누구보다 따뜻하지만 천민인 돌쇠. 어딘가 부족하고 세상이 요구하는 완벽한 인간상에 부합하지 않는 이들은 사건을 해결하기 위해 서로를 돕는다. 〈아랑사또전〉은 사회적 약자들 간의 연대와 주체성을 강조하며, 기득권 세력을 몰락시키면서 질서와 가치 체계의 전복을 꾀한다. 서로의 문제를 자신의 문제처럼 생각하고 공감하고 연대하는 것, 그 과정에서 자연스럽게 맞이하는 성장이 〈아랑사또전〉이 전하고자 하는 메시지임은 분명해 보인다.

여성의 한과 억압을 보여주는 아랑 설화는 현대까지 이어져 내려와 여러 콘텐츠로 변용되고 있다. 이는 여성에 대한 억압이 지금까지도 공감을 불러일으키는 요소임을 말해주는 것 같다. 세상에는 여전히 수많은 아랑이 살아 숨 쉬고 있다. '나비의 한'에서부터 〈아랑사또전〉까지의 변화는 우리가 어떻게 그 문제들을 해결할 수 있는지, 어떠한 길로 나아가야 하는지 실마리를 제시한다. 그런 의미에서 아랑 설화는 잊히고 사라져야 할 민담이 아니라 기억되고 변용되어서 우리 곁에 남아 있어야 하는 이야기다.

귀신을 목격한 자가 살아남기 위해서는 귀신의 음성을 들어야 한다. 그 과정은 고통스럽고 잔혹하다. 그것은 귀신의 음성이 사후 세계와 닿아 있기 때문이 아니라 귀신이란 결국 냉정하고 잔혹한 현실이 만들어낸 가학적 증거물이라는 확인에서 비롯된다. 귀신에 대한 공포는 결국은 모순투성이의 잔인한 현실을 확인하는 데서 비롯된다.

귀신의 이야기에 귀 기울인다는 것은 곧 현실의 이야기에 귀 기울인다는 뜻이다. 귀신의 이야기가 흥미로운 이유는 그들이 결국 현실의 부조리함에 대해, 현실에서 벌어지고 있는 억압과 차별에 대해 말하고 있기 때문이다. 귀신의 이야기는 곧 사회적 약자, 소수자 들의 이야기다. 그들의 이야기가 단순한 재미를 뛰어넘어 설명할 수 없는 쓸쓸함과 슬픔을 안겨주는 것은 그 때문이다. 귀신은 거울 속에서만 존재하지만, 그렇기 때문에 사회를 투명하게 반영하고, 차마 주목하고 싶지 않았던 현실의 일부분을 우리 눈앞에 들이밀어 불편함을 느끼게 한다.

호러물을 즐겨 보는 애호가에서 호러물을 쓰는 창작자의 역할 또한 겸하게 된 지금, 우리가 누구를 무서워하고 두려워하는지에 대해 고민하는 것은 내가 평생을 안고 가야 할 과제가 되었다. 새로운 이야기를 창조할 때마다 나는 여러 고민 속에서 최대한 올바른 답을 내리려고 애쓴다. 여성 캐릭터가 단순히 피해자로서만 존재하지는 않

최기숙, 앞의 책, 14쪽.

는지, 내가 그의 아픔과 고통을 가벼운 오락거리로 묘사하지는 않았는지, 그가 구체적인 욕망과 목표를 가지고 움직이는 사람인지. 시간이 흐르고 경험이 쌓인다고 해서 쉽게 넘길 수 있는 고민은 아니다. 아니, 오히려 더 많은 세상을 창조할수록 이 고민은 한층 더 강하게 내 발목을 붙잡을 것이다. 하지만 많은 시간이 흐른다 해도 나는 이 고민을 소홀히 여기지 않는 사람이 되고 싶다. 이건 창작자로서 지키고 싶은 최소한의 양심이다. 매번 올바른 답을 내놓을 수는 없겠지만, 세상에 그 누구에게도 상처가 되지 않는 창작물이란 존재할 수 없겠지만, 내 노력과 고민이 조금이라도 더 적은 사람들에게 상처를 주는 방향으로 나아갈 수 있다면 더할 나위가 없겠다.

그럼에도 불구하고 귀신을 떠올리면 여전히 앞서 설명한 보편적인 이미지에서 쉽게 벗어나지 못할 때가 있다. 소복을 입고 붉은 입술을 끌어올려 웃고 있는 처녀귀신들. 강렬한 적의와 한을 품고 허공을 노려보는 그들을 나는 이제 마냥 무서워할 수만은 없다. 나는 그들을 바라보는 관찰자인 동시에 한편으로는 그들 그 자체이기 때문이다. 어쩌면 우리는 공포의 대상을 두려워할 것이 아니라 구해야 하는 걸지도 모르겠다.

5. 내겐 너무 사랑스러운 괴물들

미끈미끈한 촉수, 끈적한 액체가 줄줄 흐르는 입, 그 안을 빼곡하게 채우고 있는 이빨, 길고 날카로운 손톱이 달린 손가락, 금방이라도 툭 튀어나올 것 같은 눈알… 이 모든 것의 조합으로 이루어진 생명체가 끔찍한 비명 같은 울음을 내지르면, 나는 두 손을 맞잡고 이렇게 외치고 싶은 충동에 사로잡힌다. 아, 너무너무 멋지다!

사악하고 괴상하고 끔찍한 존재들에 대한 애정이 퐁퐁 샘솟을 때마다, 나는 이 비정상적인 애정이 대체 어디서부터 시작된 건지 설명하려고 애쓴다. 어떤 계기가 있었던가? 내 인생을 송두리째 바꿔놓은 작품이 있었나? 아무리 질문을 던져가며 답을 찾아보려 해도 결론은 나지 않는다. 모르겠다. 나는 기억나지도 않는 순간부터 괴물들을 사랑했고, 그들이 끔찍하면 끔찍할수록 눈을 빛냈으며, 더 무서운 괴물이 등장하는 콘텐츠를 보기 위해 안달했다. 어떻게 보면 '핑구의 악몽'에 등장한 바다표범 역시 괴물의 한 종류라고 볼 수 있으니, 괴물에 대한 나의 맹목적인 사랑은 생각보다 더 오래전부터 본능처럼 내재되어 있었던 것 같다.

하지만 괴물들을 향한 나의 운명적인 사랑을 무사히 지켜나가는 건 생각보다 힘든 일이었다. 가장 큰 문제는 나의 취향에 공감해줄 사람이 없다는 것이었다. "괴물을 좋아해요!"라고 말하는 순간, 사람들은 항상 애매한 시선으로 나를 쳐다봤다. 모두가 애써 웃으며 나의 취향을 존중하려고 노력했지만 그럴 때마다 나는 지독한 외로움에 시달려야 했다. 괴물을 좋아하는 사람은 없구나. 그들은 어디까지나 공포의 대상일 뿐이구나. 저렇게 사랑스러운데 왜 아무도 몰라주는 거지? 도대체 왜 저 단단하고 미끈한 피부 껍질의 아름다움을, 빽빽하게 박힌 이빨의 숭고함을, 우렁찬 울음소리가 내뿜는 경이로움을 느끼지 못하는 걸까? 나는 홀로 괴물들이 등장하는 영화를 돌려보며 외로움을 달랬다. 그리고 믿었다. 언젠가 괴물의 때가 찾아오리라. 그들의 아름다움과 대단함을 깨닫는 사람이 많아지고, 그들을 주인공으로 한 수많은 콘텐츠가 쏟아지리라.

무의식적으로 괴물을 찾던 어린아이에서 결국 괴물

에 대한 이야기를 쓰는 어른이 되어버린 지금, 내 인생의 일부를 함께한 괴물들을 떠올리면 이제는 만날 수 없는 친구들을 생각하듯이 아련한 기분에 사로잡힌다. 잠깐 스쳐 지나간 괴물, 오랜 시간 동안 내 침대맡에서 함께 잠들었던 괴물, 옷장을 열고 나에게 찾아와주길 간절히 기다렸던 괴물… 어떤 모습을 하고 어떤 방식으로 찾아오든, 그들은 똑같이 사랑스러운 존재들이다.

여러분에게도 나의 사랑스러운 친구들을 소개하고 싶다. 다짜고짜 그들에 대한 이야기를 쏟아내는 건 조금 멋이 없으니, 내 나름대로 그들을 특징에 따라 분류해보았다. 분류 기준은 굉장히 주관적이며, 철저히 나 혼자만의 생각으로 구성되었음을 미리 알아주길 바란다.

1. 현실 밀착형

현실 밀착형 괴물들은 말 그대로 우리의 현실과 지독하게 얽혀 있는 괴물들이다. 그들은 어떤 이유 없이 돌연변이로 자연 발생하거나, 인간이 벌인 실험이나 몰래 버린 약품 등으로 인해 변형되어 태어나는 경우가 대부분이다. 이들이 주로 활동하는 배경은 미지의 세계를 떠도는 우주선도, 수천 킬로미터 떨어진 남극도 아니다. 바로 우리의 일상 속이다. 매일 똑같이 흘러가는 하루를 살아가는 우리의 현실에 불쑥 나타나 삶을 휘저어놓는 이들이 바로 현실 밀착형 괴물들이다.

현실 밀착형의 대표 주자라고 할 수 있는 괴물은 한국인이라면 모두가 아는 그 영화, 봉준호 감독의 〈괴물〉에 등장한다. 내가 영화관에서 처음으로 본 괴물 영화이기도 하다. 그때 나는 크리처물을 열렬하게 사랑하는 초등학생이었고, 좋아하는 영화는 영화 채널에서 틈만 나면 틀어주던 〈불가사리〉였다. 땅속에 살면서 진동으로 사냥감을 추적하는 괴물이 황량한 서부 마을에 나타나다니! 이를 시작으로 〈죠스〉 〈디센트〉 등 다양한 괴물 영화를 섭렵한 나는 〈괴물〉이 나온다는 소식에 잔뜩 흥분했다. 드디어 한국에도 블록버스터 괴물 영화가 나오는구나! 영화가 개봉하자 나는 부모님을 따라 영화관으로 달려갔다. 평화로운 한강 둔치에 괴물이 나타나더니 사람들을 쫓기 시작하고, 혼비백산한 이들이 정신없이 도망가는 장면을 지켜보는 내내 심장이 쿵쿵 뛰었다.

하지만 내가 기대한 괴물 이야기는 거기까지였다. 괴물로부터 살아남기 위해 계획을 세우고 동료를 잃으며 고군분투하는 장면은 생각보다 적었다. 〈괴물〉은 괴물 자체에 집중하기보다는 괴물과 싸우는 사람들과 괴물이 사회에 끼친 영향에 주목하는 영화였다.

지금의 나는 〈괴물〉을 굉장히 좋아하지만, 괴물과 싸우는 기상천외한 블록버스터를 기대했던 어린 나는 내용을 제대로 이해하지 못한 채로 영화관을 나와야 했다. 당시 나는 괴물이 품고 있는 사회적 의미와 풍자를 알아차리기엔 너무 어렸다. 그럼에도 불구하고 〈괴물〉은 영화관에서 만난 첫 번째 한국 괴물 영화라는 사실만으로 내게 충분히 의미 있었다. 〈괴물〉의 등장과 성공을 바라보며 나는 원대한 꿈을 꾸기 시작했다. 세계에 더 많은 괴물 영화가 쏟아져 나오는 꿈, 특히 한국에서 괴물이 등장하는 콘텐츠가 무수히 만들어지는 꿈, 내가 그 콘텐츠들의 창조자이자 동시에 관객이 되는 꿈 말이다.

2. 의심 유발형

의심 유발형은 인간의 몸에 뿌리를 내리는 괴물들이다. 그들은 인간을 통해 발현하거나, 인간의 껍데기를 쓰고 인간인 척 연기하는 방식으로 우리 가운데 의심의 싹을 심는다. 우리는 자연스럽게 서로가 괴물로 변하지는 않을까 두려워하거나, 이미 괴물이 된 건 아닐까 의심하게 된다. 우리는 서로를 의심한 끝에 분열하고, 결국 서로를 공격하고 죽이는 파국으로 치닫는다. 대부분의 좀비가 이 유형에 속한다고 볼 수 있을 것이다. 이외에도 강한 욕망을 지닌 인간들이 괴물로 변해가는 세상에서 벌어지는 이야기를 다룬 드라마 〈스위트 홈〉이나, 시간이 흘러도 그 빛이 바래지 않는 명작 영화 〈더 씽 *the thing*〉이 여기에 속한다.

　내가 제일 좋아하는 괴물 영화 중 하나인 〈더 씽〉은 1982년에 개봉한 존 카펜터 감독의 작품이다. 영화는 남극의 허허벌판을 달리는 개 한 마리의 모습을 비추며 시작한다. 개는 누군가로부터 도망가듯 달리고 있는데, 그런 개의 뒤를 노르웨이 탐사팀이 쫓고 있다. 개는 헬기를 타고 총을 쏘아가며 쫓아오는 그들을 피해 미국인들의 탐사 기지에 도달한다. 헬기에서 내린 노르웨이인들은 흥분한 상태로 알아듣지 못할 말을 외치며 총을 겨누고, 미국 대원들은 결국 그들을 죽이고 만다. 개는 미국 탐사 기지에 머물게 되는데, 어느 날 갑자기 끔찍한 괴물로 변한다. 대원들은 조사 끝에 생명체를 그대로 복사할 수 있는 외계 괴물이 기지에 침투했음을 알게 된다. 결국 대원들도 하나둘 괴물로 변하기 시작하고, 사람들 사이에는 서로가 인간으로 둔갑한 괴물일지 모른다는 의심과 두려움이 퍼지게 된다.

　〈더 씽〉은 고립된 상황에서 서로가 서로를 믿지 못하고 동료를 의심하며 끝내는 죽여야 하는 모습을 훌륭하게 그려낸 영화다. 눈보라 휘날리는 고요한 기지와 음산한 음악, 꿈에 나올까 두려울 정도로 끔찍한 괴물의 생김새가 굉장한 삼박자를 이루어낸다. 등장인물들이 서로를 의심하기 시작하면 스크린 너머 관객들 역시 그들을 의심하게 된다. 누가 괴물인지, 그가 언제 감염된 것인지 추측하면서 영화를 감상하는 것 역시 흥미로운 포인트다.

시종일관 관객을 압도하는 무거운 분위기와 서로를 의심할 수밖에 없는 등장인물들의 무력함이 〈더 씽〉의 매력이지만, 내가 이 영화를 가장 사랑하는 이유는 바로 괴물들의 생김새 때문이다. 앞서 설명한 것처럼 괴물들은 하나같이 꿈에 나올까 두려울 정도로 끔찍한 모습을 하고 있다. 그들이 의심받지 않을 때는 인간인 척, 사람의 껍데기를 쓰고 있다는 게 중요하다. 정체가 드러난 순간 그들은 인간의 껍데기를 벗으며 본래 모습으로 돌아가는데, 그 과정이 굉장히 징그럽고 괴상하기 때문이다. 목이 길어지며 관절을 가진 다리들이 살점을 뚫고 나오기도 하고, 손가락이 비정상적으로 길어지기도 한다. 무엇보다 괴물을 CG가 아니라 특수분장으로 구현해냈다는 사실이 그들의 징그러움에 큰 몫을 한다. 붉은 피와 미끈한 살점들이 난무하는 장면들은 한번 보면 절대 잊을 수 없는 끔찍함을 선사하리라고 자신한다. 내가 흥분한 공포 애호가가 되어 키보드를 두드리고 있는 것 같다는 느낌이 든다면… 아마 착각일 것이다.

그러나 아이러니하게도 내가 〈더 씽〉에서 가장 큰 충격을 받은 대목은 시각이 아니라 청각으로 공포를 전달하는 장면이었다. 외계 괴물의 존재를 알게 된 등장인물들은 괴물의 습격을 받고 사라진 동료를 찾아 기지 밖으로 뛰쳐나간다. 마침내 그들은 손가락만 변형된 상태로 나머지는 거의 인간의 모습을 하고 있는 괴물을 에워싸게 된다. 막다른 길에 몰리자 괴물은 동료의 얼굴을 한 채로 입을 벌리고 이루 말할 수 없이 끔찍하고 괴상한 비명을 지른다. 〈더 씽〉을 여러 번 보았지만 나는 아직도 이 비명을 어떻게 설명해야 할지 모르겠다. 지옥에서 들릴 것 같은 비명이라고 하면 적합할까? 끔찍한 모습을 한 괴물이 주인공을 똑바로 바라보며 내지르던 비명은 지금까지도 나에게 엄청난 공포로 각인되어 있다.

〈더 씽〉은 서사적으로 훌륭할 뿐 아니라 괴물 영화에 목말라 있던 나를 시각적으로도 만족시켜준 소중한 영화다. 〈더 씽〉을 통해 나는 더 다양한 생김새를 한, 더 지독한 괴물의 형상을 상상하기 시작했다.

3. 코스믹 호러형

코스믹 호러는 인간이 절대 맞서거나 저항할 수 없는 존재에 대한 공포를 말한다. 인간이 통제할 수 없는 미지의 존재가 나타났을 때 느끼는 무력함과 두려움, 인간의 무가치함을 강조한 장르로, 우주 혹은 다른 차원이나 다른 세계에서 건너온 초월적인 존재가 등장한다. 인간은 그 거대한 존재 앞에 그저 속수무책으로 서서 자신의 무력함과 보잘것없음을 깨닫게 될 뿐이다. 우리가 물리칠 수 없는 거대한 괴수가 나타나는 영화들이 대부분 여기에 속한다.

내가 자연스럽게 코스믹 호러에 끌릴 수밖에 없었던 이유는 나 역시 인간의 무력함에 대해 어느 정도 공감하던 시기가 있었기 때문이다. 거대한 우주에 자유의지를 가지고 살아 움직이는 생명체가 정말 우리뿐일까? 어떤 거대하고 위대한 존재가 저 바깥에 이미 존재하며, 우리는 그에 비하면 아무것도 아닌 보잘것없는 생명체가 아닐까? 짧디짧은 생애를 살아가면서 과연 인간은 무엇을 남길 수 있는가? 무엇을 할 수 있는가? 나는 나의 유한함에 슬퍼하기도 했고, 무력함에 분노하기도 했으며, 무가치함을 인정하기도 했다.

불면이 찾아오는 밤마다 인간의 유한함을 생각하며 슬퍼하곤 했던 어린 나에게 영화 〈미스트〉는 잊을 수 없는 타격을 남겼다. 우리나라에서는 2008년에 개봉했으며, 충격적인 엔딩으로 유명한 영화이기도 하다.

주인공은 태풍으로 박살 난 집을 수리할 물건을 사기 위해 아들과 함께 마트를 찾는다. 하지만 볼일을 보고 마트를 나서려는 순간, 짙은 안개가 세상을 뒤덮어버린다. 한 치 앞도 볼 수 없을 정도로 강한 안개 너머에서 끔찍한 모습을 한 괴물들이 튀어나와 사람들을 습격하기 시작한다. 주인공을 비롯한 일행들은 마트에 고립된 채로 살아남기 위해 사투를 벌인다.

안개를 뚫고 튀어나와 사람들의 발목을 휘어 감는 촉수 괴물이나, 마트 안을 날아다니며 사람들을 공격하는 벌레 괴물들은 내 흥미를 끌기에 충분했다. 하지만 괴물들의 매력과는 별개로, 꿈도 희망도 없는 잔인한 세계관에 나는 점점 지쳐갔다. 주저 없이 사람들을 안개 속으로 끌고 가는 괴물들과 그런 괴물들보다 더 잔인한 면모를 드러내는 사람들은 어린 내가 감당하기엔 너무 무시무시했다. 영화가 끝난 후에도 나는 한참 동안 여운에서 벗어나지 못했고, 〈미스트〉는 그렇게 성인이 된 후에도 다시 도전하지 못하는 영화가 되었다. 그렇지만 짙은 안개가 조성하는 으스스한 침묵과 흩뿌려지는 피, 다양한 생김새의 괴물들을 생각하면 너무나 매력적인 작품이다. 영화가 전달하는 무게를 충분히 견딜 수 있다면 말이다.

〈미스트〉 외에도 코스믹 호러의 전형을 보여주는 작품으로는 드라마 〈러브, 데스, 로봇〉 시즌 3의 에피소드 '아치형 홀에 파묻힌 무언가'가 있다. 아름답고 경이로운 괴수들을 보고 있노라면 절로 무릎을 꿇고 우리의 보잘것 없음을 인정할 수밖에 없게 된다.

4. 최애형

최애형은 말 그대로 내가 제일 좋아하는 괴물이다. 다소 민망한 이름이지만, 어쩔 수 없다. 이 괴물은 유형 하나를 통째로 차지해도 될 만큼 가치 있고, 사랑스럽고, 아름답기 때문이다. 오로지 이 유형의 괴물을 소개하고 싶은 마음에 이 글을 쓰기 시작했다고 해도 과언이 아니다. 나는 그만큼 이 괴물을 숭배하고, 존경한다. 또 내가 잔뜩 흥분해서 키보드를 두드리고 있는 것 같다고? 이번에는 부정할 수 없다. 이 괴물을 떠올릴 때면 나는 언제나 벅차오른 공포 애호가가 된다.

나를 이렇게 만든 괴물은 〈자이고트 *zygote*〉라는 짧은 단편영화에 등장한다. 〈디스트릭트9〉의 감독 닐 블롬캠프가 설립한 오츠 스튜디오(Oats Studios)에서 제작한 작품으로, 유튜브나 넷플릭스에서 만나볼 수 있다. 참고로 오츠 스튜디오 계정에는 다른 훌륭한 괴물들이 등장하는 영화도 있으니, 괴물을 좋아한다면 꼭 확인해보길 추천한다.

다코타 패닝이 주연한 〈자이고트〉는 북극의 광산에서 벌어지는 이야기를 담고 있다. 무슨 이유에선지 눈이 멀어버린 보안 요원과 그를 보호하는 합성 인간 바클리가 주인공이다. 엉망이 된 광산기지에서 그들은 무언가를 피해 도망치고 있다. 그 무언가는 당연히 괴물이다. 미쳐버린 과학자가 광부들을 조각내고 이어 붙여 만든 이 괴물은 수십 개의 눈과 팔다리가 한 몸에 붙어 있는, 끔찍하지만 눈부신 형상을 갖추고 있다.

거대한 몸집을 가진 이 괴물은 수십 개의 팔과 다리로 벽과 바닥을 쓸어내리며 이리저리 배회한다. 가장 두려운 점은 기지의 보안은 지문 인식으로 이루어지는데, 괴물은 자신에게 달려 있는 수십 개의 팔을 이용해 어떤 문이든 열 수 있다는 점이다. 손가락을 하나하나 찍어가다 보면 결국 자격을 갖춘 지문이 있기 마련이니까.

〈자이고트〉를 처음 보았을 때 나는 환호성을 지르고 싶었다. 세상에 이렇게 징그럽고 아름다운 괴물이 존재하다니! 나는 잔뜩 신이 나서는 친구들을 만날 때마다 연애 상대를 밝히듯 수줍게 〈자이고트〉를 소개하곤 했다. 그들의 반응이 어땠는지는 마음 아프므로 굳이 적지 않겠다.

그 이후 나는 앞으로는 내 취향을 쉽게 밝히지 말아야겠다고 결심했다. 하지만 주변의 반응이 어찌 되었건, 〈자이고트〉를 향한 내 마음을 막을 수는 없었다. 〈자이고트〉는 앞으로도 영원히 내가 제일 사랑하는 괴물 영화로 남을 것이다.

이외에도 한때 나의 마음을 흔들어놓았던 괴물이 있다. 〈러브, 데스, 로봇〉 시즌 2 에피소드 중 하나인 '집 안에서 생긴 일'에 등장하는 괴물이다. 육 분도 채 되지 않는 짧은 에피소드지만 크리스마스 밤의 포근한 분위기를 뒤흔들어놓는 괴물의 존재감은 강렬하다.

크리스마스 밤, 어린 남매가 산타클로스가 찾아왔음을 느끼고 살금살금 아래층으로 내려간다. 거실에는 산타의 거대한 실루엣이 비치고, 남매는 기대하는 눈빛으로 시선을 교환한다. 그때 촉수 같은 무언가가 튀어나와 산타를 위해 준비한 쿠키 그릇을 휘감아 가버린다. 남매는 경악한 얼굴로 입을 틀어막는다. 남매가 숨어 있는 소파를 향해, 그들이 손꼽아 기다리던 '산타'가 걸어오기 시작한다.

'산타'가 어떤 모습을 하고 어떤 짓을 벌이는지는 두근대는 마음으로 넷플릭스를 클릭할 여러분들을 위해 말하지 않고 남겨두기로 하겠다. 〈자이고트〉의 강렬함을 따라가지는 못하지만, '집 안에서 생긴 일'의 산타 역시 나에게 색다른 충격을 안겼던 괴물이다. 포근하고 인자한 산타 할아버지가 그렇고 그런 모습을 한 존재라니… 다양한 괴물 영화가 더 많이 쏟아지길 바랐던 어린 나의 꿈이 조금씩 이뤄지고 있는 듯하다.

남들은 눈살을 찌푸리는 괴물들을 사랑하는 나의 취향이 조금 독특하다고 할 수 있겠지만, 나는 〈원령공주〉나 〈센과 치히로의 행방불명〉〈몬스터 주식회사〉에 등장하는 괴물들도 매우 사랑한다. 객관적으로도 귀엽고 사랑스러운 괴물들 말이다. 괴물들이 동료로서도 적으로서도 매력적인 이유는 그들이 우리가 알지 못하는 미지의 존재이기 때문이다. 인간과 전혀 다른 형상을 마주했을 때 우리는 가장 먼저 겁을 먹지만 동시에 호기심을 품게 된다. 우리와 전혀 다른 누군가를 더 알고 싶어 하고, 그와 가까워지고 싶어 하는 것은 인간의 본능이자 자연스러운 욕망이다. 그런 의미에서 괴물은 무궁무진한 매력을 겸비한 친구이자 적이다.

진심으로 크리처물을 사랑하는 까닭도 있지만, 내가 괴물 이야기가 나올 때마다 잔뜩 흥분해 이야기를 늘어놓는 건 더 많은 사람이 크리처물에 관심을 가지길 바라기 때문이다. 그뿐만 아니라 우리나라에서도 더 많은 크리처물이 개발되기를, 여전히 나는 간절하게 기다리고 있다. 괴물은 바다 건너에만 나타나는 존재가 아니다. 『한국 괴물 백과』를 본다면 우리 역사에 다양하고 흥미로운 괴물이 얼마나 많이 기록되어 있는지 알게 될 것이다. 언젠가 우리만의 괴물이 잔뜩 등장하는 콘텐츠들이 쏟아져 나오기를 나는 손꼽아 고대한다. 과거에도, 지금도, 그리고 앞으로도, 세상엔 더 많은 괴물이 필요하다.

곽재식, 『한국 괴물 백과』, 워크룸프레스, 2018.

6. 잔인해서 좋은 건 아니야

2000년대 초반은 바야흐로 '엽기'의 시대였다.

사전은 엽기를 '기괴한 것이나 이상한 일에 강한 흥미를 가지고 찾아다님'이라 정의하지만, 그때의 우리는 희한하고 기발하고 괴상한 모든 것에 엽기라는 수식어를 붙였다. 각종 합성 사진, 이상한 동영상, 다양한 플래시 게임 등이 쉬지 않고 쏟아져 나왔다. '엽기토끼'라는 귀여운 캐릭터가 엄청난 인기를 얻으며 길거리 가판대를 점령했다. 그렇게 엽기는 인터넷 대중문화와 떨어질 수 없는 무언가가 되었다.

2000년대 초반의 나는 인터넷이라는 거대하고 신비로운 존재를 맞닥뜨려 설레고도 불안정한 시기를 보내고 있었다. 나이에 맞지 않는 콘텐츠를 보지 못하도록 막는 안전 장치가 상대적으로 부족한 시절이었다. 물론 안전 장치가 충분했다고 하더라도 우리는 더 자극적인 콘텐츠를 볼 수 있는 방법을 찾아내고야 말았겠지만 말이다. 심지어 굳이 더 자극적인 걸 찾지 않아도 그때의 나에게는 이미 모든 게 자극적이었다. 나는 터질 듯한 호기심으로 모든 걸 클릭하고 경험하고 흡수할 만큼 말랑말랑했다. 그렇게 밀려 들어오는 '엽기' 콘텐츠의 파도에 속수무책으로 휩쓸렸고, 어떤 게시글은 가끔 나의 속을 울렁거리게 만들었다. 나는 속이 왜 울렁거리는 건지 명확히 알지도 못한 채 더 많은 걸 보기 위해 마우스를 홀린 듯 바쁘게 움직였다. 달칵, 달칵, 달칵.

아기자기하고 귀여운 캐릭터들이 움직이는 플래시 게임 사이에는 종종 엽기라는 이름을 달고 있는 괴상한 게임들이 섞여 있었다. 'Whack your boss', 속칭 〈사장님 죽이기〉는 그렇게 내 앞에 나타났다. '사장님을 죽인다'는 지극히 비윤리적인 게임 목표쯤이야 전혀 상관하지 않던 때였다.

〈사장님 죽이기〉는 흑백 이미지로 표현된 작은 사무실을 배경으로 한다. 게임을 시작하면 의자에 앉아 있는 주인공을 향해 사장님이 다가온다. 그는 클립보드와 펜을 들고 무언가를 써 내려가며, 정확히 알아들을 수는 없지만 주인공에게 모욕을 주는 것이 분명한 말들을 대놓고 중얼거린다. 주인공인 우리는 사무실에 있는 여러 도구를 클릭해 사장님을 죽일 수 있다. 쓰레기통, 우산, 키보드, 사장님이 들고 있는 펜, 자, 컴퓨터… 사무실에 널려 있는 도구는 무궁무진하고, 어떤 도구를 사용하느냐에 따라 사장님을 죽이는 방법이 달라진다. 사장님을 죽일 수 있는 방식은 그렇게 스무 가지가 넘어간다. 도구를 모두 찾아내 사장님을 갖가지 방법으로 죽이는 게 게임의 최종 목적이며, 이번에는 사장님이 어떻게 죽을지 궁금해하는 것이 이 게임의 가장 큰 재미 요소다.

주인공은 우산을 사장님의 가슴에 찔러 넣는 것으로 간단하게 일을 처리하기도 하고, 사장님이 죽을 때까지 키보드로 내려치기도 한다. 흑백 배경에 붉은 피가 흩뿌려지는 광경은 지금 봐도 꽤나 폭력적이지만, 나는 가끔 생각이 날 때마다 사장님을 죽이러 갔다. 내가 제일 좋아하는 방법은 자를 이용하는 것이었다. 사장님을 죽이고 싶은 감정이 어떤 건지도 몰랐던 주제에, 초등학생이었던 나는 도대체 무슨 마음으로 그런 게임을 즐겼던 걸까? 다행히 나는 게임과 현실을 구분할 수 있는 어른으로 자랐고 우산으로 남의 가슴을 꿰뚫는 일은 없었다. 하지만 지금의 내가 어린아이들이 〈사장님 죽이기〉를 플레이하는 모습을 보게 된다면 어떻게 행동할지는 글쎄, 잘 모르겠다. '나 때는 그러지 않았다'를 운운하며 게임을 하지 못하게 막을지도. 〈사장님 죽이기〉는 옛날이나 지금이나 흥미롭지만 마냥 즐기기만 할 수는 없는 게임이다.

앞서 말했듯이 어린 나는 공포에 관심이 많은 겁쟁이였다. 내가 제일 무서워하는 종류의 공포는 귀신과 저주, 악령이 등장하는 것이었다. 검은 머리를 축 늘어뜨린 귀신이 기어오는 영화를 혼자서 볼 수 없었던 나는 다른 공포를 향해 눈을 돌렸다. 내 눈길이 향한 곳은 피가 튀고 사람들의 신체와 장기가 흩어지는 고어물이었다. 고어(gore)의 사전적 정의는 이렇다.

1. 뿔[엄니]로 들이받다.
2. (특히 폭행당한 상처에서 흘러나오는 짙은) 피, 선혈

고어물은 피가 낭자하고 잔인한 죽음이 대거 등장해 공포를 일으키는 콘텐츠를 말한다. 고어 슬래셔물은 그중에서도 살인마가 나타나 피해자들을 이유 없이 잔인하게 학살하는 류의 영화를 의미한다. 유명한 고어 영화 시리즈로는 〈쏘우〉〈데스티네이션〉〈데드 캠프〉 등이 있다. 만화나 게임에서는 고어물을 쉽게 볼 수 있을 정도로 그 종류

가 더 많다. 혐오감과 불편함을 일으키는 장면이 많기 때문에 고어물은 굉장히 호불호가 갈리는 장르다.

공포 애호가로서 떡잎부터 남달랐던 어린 나는 일찍이 〈쏘우〉와 〈데스티네이션〉 시리즈를 섭렵했다. PMP에 인터넷 강의 대신 영화를 다운받아 넣고 밤마다 이불 속에서 침을 꿀꺽 삼켰던 기억이 난다. 엄마 아빠, 친구들을 조르고 졸라 강제로 함께 영화를 봤던 기억도. 〈쏘우〉 시리즈의 기상천외한 트랩과 〈데스티네이션〉 시리즈에서 사람을 죽이는 말도 안 되는 방법에 감명받은 나는 더 잔인하고 더 많은 피가 흐르는 영화를 찾아 코를 킁킁거렸다. 그 이면에는 '잔인한 한국 영화'에 대한 갈망도 존재했다. 신토불이 아니겠는가. 다행히 나의 갈망을 충족시켜주는 작품을 만날 수 있었는데, 바로 〈스승의 은혜〉였다.

〈스승의 은혜〉는 2006년에 개봉한 공포 영화다. 인터넷에서 읽은 어느 후기에 의하면 이전까지의 한국 영화에서는 볼 수 없었던 수위 높은 장면들을 자랑하는데, 내가 〈스승의 은혜〉를 보려 했던 이유 역시 특정 장면을 보고 싶은 마음이었다. 나는 두근거리는 심장을 안고 영화를 틀었고 〈스승의 은혜〉는 내 기대를 저버리지 않았다. 끔찍하고 잔인하고 독특한 살해 장면들이 쉬지 않고 튀어나와 나를 만족시켰지만, 그 외 기본적인 설정과 플롯 역시 매력적인 작품이다.

정년퇴직 후 시골에 혼자 살고 있는 선생님에게 십육 년 전의 제자들이 찾아온다. 선생님 곁에서 수발을 드는 제자 '미자(서영희 분)'가 친구들을 초대한 덕분이었다. 먼 곳까지 선생님을 찾아온 제자들은 모두 과거에 선생님에게 상처받은 기억이 하나씩 있다. 그들이 받은 상처는 단순한 상처에 그치지 않고 그들의 인생에 부정적인 영향을 끼쳤다. 한데 모인 선생과 제자들 사이에 묘한 긴장감이 흐른다. 이윽고 밤이 찾아오고, 제자들은 한 명씩 토끼 가면을 쓴 괴한에게 납치되어 살해당하기 시작한다.

영화는 경찰이 잔인하게 살해당한 제자들을 발견하고, 생존자에게 무슨 일이 있었는지 물으며 생존자의 증언에 따라 과거를 보여주는 미스터리 구조를 갖추고 있다. 토끼 가면을 쓴 괴한이 제자들을 다양한 도구로 특이하게 살해하는 장면이 이 영화의 백미다. 포박된 피해자에게 스테이플러를 쥐고 다가온 그는 피해자의 눈꺼풀을 들어 올리고 그대로 스테이플러를 찍는다. 복잡할 것도 어려울 것도 없는 방법이지만 그의 선택은 나를 비롯한 당시의 관객들에게 엄청난 충격을 안겼다. 괴한은 공포 영화에서 흔하게 등장하는 커터칼을 이용하기도 하는데, 이번에도 그의 방식은 단순한 난도질을 뛰어넘는다. 그는 커터칼의 심을 조각내 컴퍼스로 고정된 피해자의 입에 쏟아 넣고 거기에 물을 붓는다. 피해자의 입을 타고 흐르는 붉은 물줄기는 어린 나에게 영원히 잊히지 않을 장면으로 남았다.

학창 시절에 흔하게 사용하던 물건들을 이용해 피해자들을 죽이는 독특하고 잔인한 장면 외에도, 〈스승의 은혜〉는 인물들 간의 관계와 결말이 특히 인상적인 작품이었다. 이 영화를 본 뒤 나는 깨달았다. 단순한 고어물보다는 흥미로운 스토리에 잔인한 장면이 끼어들 때 그 매력이 배가 된다는 사실을 말이다.

〈스승의 은혜〉를 만난 이후로 나는 나의 독특한 취향을 굳건히 하기로 했다. 자극적이고 잔인한 영화들을 검색해 내용을 모조리 훑었다. 그 이면에는 묘한 자부심도 깔려 있었다. 사람의 머리가 날아가는 잔인한 광경을 눈 한 번 깜빡하지 않고 볼 수 있는 스스로에 대한 자부심. 대체 그게 뭐라고 그렇게 자랑스러웠는지 모르겠다. 그때는 뭐든지 자랑거리가 될 수 있는 나이였다. 나에게 조금이라도 남들과 다른 지점이 있다면 마구마구 드러내고 싶었던 시기였다.

성인이 된 후 나는 특이한 취향을 누르고 남들과 어우러지는 것이 올바른 길이라고 생각하게 되었다. 잔인하고 끔찍한 장면을 보면 대부분의 사람은 얼굴을 찌푸렸고, 나는 그 사이에서 어색하게 같이 얼굴을 찡그리는 척하며 사실은 그런 장면들을 굉장히 좋아한다고 말하고 싶은 마음을 꾹 삼켰다. 그때는 이유 없이 사람을 난도질하기만 하는 고어 슬래셔 영화에 조금은 질려버린 상태이기도 했다. 나는 새로운 이야기가 보고 싶었다. 잔인하고 재밌는 이야기, 끔찍하지만 흥미로운 이야기가 그리웠다. 여성 캐릭터들에 대한 갈증이 극에 달한 것도 한몫했다. 나는 비명만 지르다가 살인마에게 제일 먼저 살해당하는 멍청한 금발 미녀들이 지겨웠다. 기다렸다는 듯 살인마에게 반격을 날리는 여성 캐릭터가 등장했으면 좋겠다는 나의 바람은 다행히 실현되었다.

영화 〈레디 오어 낫 *Ready or Not*〉에는 금발 머리에 웨딩드레스 아래로 때가 덕지덕지 묻은 노란 컨버스를 신은 여성 캐릭터가 등장한다. 그의 이름은 '그레이스'다. 그레이스는 보드게임 사업으로 부와 명성을 쌓아 올린 집안의 둘째 아들 '알렉스'와 결혼한다. 축복과 경계심 속에서 결혼식이 끝나고, 들뜬 그레이스에게 알렉스는 새로운 가족 구성원이 생긴 첫날 밤에는 가족 모두가 모여 보드게임을 하는 전통이 있다고 알려준다. 알렉스의 부친은 게임 이름이 적힌 카드가 랜덤으로 튀어나오는 독특한 장치를 그레이스에게 내밀고, 그레이스는 묘한 긴장감을 눈치채지 못한 채 카드를 뽑는다. 그레이스가 뽑은 카드에 적힌 게임은 숨바꼭질[hide-and-seek]. 그레이스가 환하게 웃으며 카드를 보이자, 가족들의 표정이 굳는다. 숨바꼭질의 룰은 간단하다. 그레이스는 숨고, 가족들은 그레이스를 찾는다. 제한 시간은 동이 틀 때까지다. 꽤 진지한 가족들의 태도에 그레이스는 당황하면서도 흥미를 느끼며 숨을 곳을 찾아 나선다. 그리고 가족들은 각기 총, 활, 도끼 같은 무기를 집어 든다. 그렇다. 이유는 모르지만 가족들은 동이 트기 전까지 그레이스를 찾아 죽이려고 한다.

가족들의 진짜 목적을 알아차린 그레이스는 빠르게 달리기 위해 웨딩드레스를 찢고, 총을 집어 든다. 화가 날 때는 꽥 소리를 지르고, 상대의 얼굴을 컵으로 갈겨버리는 광경을 보여주기도 한다. 영화는 쭉 그레이스의 시점을 따라가며 사랑스럽고 천진했던 그가 깨어나 훌륭한 전투력을 겸비한 전사로 성장하는 과정을 그려낸다. 그레이스는 특별한 능력을 갖추지 않은 일반인이기에 소위 말하는 '사이다' 장면은 딱히 없지만, 영화를 끝까지 본 사람은 나처럼 결말에 손뼉을 치지 않을 수 없을 것이다. 피로 범벅이 된 얼굴, 때와 얼룩으로 더러워진 드레스, 꼬질꼬질한 노란 컨버스. 〈레디 오어 낫〉은 언뜻 보면 결혼과 시가에 대한 은유로도 읽을 수 있다. 의도가 어찌 되었건 비명만 지르지 않고 반격도 할 수 있는 여성 캐릭터가 주인공이라는 사실만으로, 나는 이 영화에 크게 만족했다. Run, run, run, time to run and hide…. 숨바꼭질이 시작되는 순간 흐르는 발랄한 노래는 어느 순간 섬뜩하게 당신의 귓가를 파고들 것이다.

그레이스보다 더 전투력이 강한 여성 캐릭터가 등장하는 영화를 보고 싶다면 〈유아 넥스트 *You're next*〉와 〈헌트 *hunt*〉를 추천한다. 〈유아 넥스트〉는 부모님의 결혼기념일을 맞아 시골 저택에 모인 가족들이 동물 가면을 쓴 괴한들에게 살해당하는 이야기다. 아들 중 한 명의 여자친구로 저택을 방문한 주인공 '에린'은 속수무책으로 모두가 살해당하는 상황에서 말 그대로 '진격'한다.

순식간에 사람들을 지휘하고 저택 곳곳에 함정을 설치하며, 괴한들에게 시원한 한 방을 날리는 모습은 그의 과거를 의심케 할 정도다. 어린 시절 생존 캠프에 다녔다는 말로 에린의 과거는 간단하게 설명되는데, 비명 한 번 지르지 않고 괴한들을 공격하는 모습을 보고 있노라면 캠프에서 도대체 무슨 일이 있었던 건지 궁금해진다. 뿐만 아니라 에린은 더 잔인한 장면을 보고자 하는 우리의 욕망을 충족시키는 특별한 도구를 이용해 침입자들을 단죄하기도 한다. 이쯤 되면 괴한들이 불쌍해질 지경이지만, 그들에게 연민을 가질 시간도 없이 에린은 신나게 종횡무진한다. 이전의 영화들과는 달리 〈유아 넥스트〉에서는 여자인 에린을 걱정할 필요가 없었다. 그 사실이 나에게 진한쾌감을 선사해주었다.

영화 〈헌트〉는 엘리트 진보주의자들이 재미로 사람들을 모아놓고 사냥한다는 음모론 매너게이트(Manorgate)처럼 어느 초원에서 눈을 뜬 사람들이 하나둘 살해당하는장면으로 시작한다. 사람들이 이유도 모른 채 총으로 폭탄으로 죽어 나가는 와중에 우리의 주인공 '스노볼'은 침착하게 상황에 맞선다. 그를 잡아온 사람들에겐 불행하게도,스노볼은 아프가니스탄 참전 용사 출신이다. 영화는 환경,이민자, 젠더 문제, 음모론, SNS 등 다양한 주제를 꺼내들며 양쪽 진영 모두를 돌려 까는 자세를 취하고 있지만,영화가 전하려는 메시지를 차치하더라도 스노볼의 시원시원한 액션은 굉장히 매력적이다. 시종일관 냉철하고 흔들리는 법이 없는 표정 역시 그렇다. 진실이 대체 무엇인지 헷갈리는 와중에도 우리는 스노볼의 거침없는 발길질에 그를 응원하게 될 것이다.

여성 캐릭터의 활약 유무에 관계없이 정말 잔인하면서도 새로운 콘텐츠가 보고 싶다면 유튜브 채널 '리 하드캐슬(Lee Hardcastle)'을 추천해주고 싶다. 잔인한 클레이 애니메이션을 업로드하는 채널로, 상상을 초월하는 기괴함과 끔찍함을 맛볼 수 있다. 문제가 있다면 간혹 불편할 수 있는 표현 방식이 꽤나 자주 등장한다는 것이다. 내가 제일 좋아하는 작품은 〈외계인이 아기를 전자레인지에 넣는다 *Aliens put baby in microwave*〉로, 갑작스레 등장해 아기를 전자레인지에 넣으려는 외계인들을 막기 위한 아빠의 고군분투를 그린 짧은 영상이다. 죽어 나가는 생명체들이 외계인이기 때문에 피가 초록색으로 표현되고 유쾌한 결말로 마무리되기 때문에 입문용으로 좋다. 그 외의 어떤 작품들은 단순히 뇌가 잘리고 각종 장기가 쏟아지는 걸 넘어서 진지하게 기분이 찝찝해지는 플롯을 보여주기도 하므로, 시청에 주의를 요한다. 나는 이 채널의 작품을 볼 때마다 '클레이로 사람을 이렇게까지 울렁거리게 만들 수 있다고?!' 하는 충격에 빠진다.

고어 슬래셔물은 여러 불변의 법칙들을 지닌, 익숙하고도 오래된 장르다. 기존 고어물들의 잘못된 문법을 탈피하는 작품이 나올 때마다 나는 더할 나위 없이 행복해진다. 그러니까 단순히 잔인해서 좋은 건 결코 아니다. 잔인함을 곁들여서 매력적인 이야기를 하는 콘텐츠들이 좋을 뿐이다. 물론 아직도 아주 가끔 사장님을 죽이러 가거나 유튜브에서 〈쏘우〉 시리즈의 트랩 영상들을 찾아보는 경우가 있기는 하지만 말이다.

7. 나의 영원한 동반자, 좀비

죽은 것들이 우리 가운데 돌아다닌다. 좀비, 식인귀…… 이름이 뭐든 간에, 인간들 스스로를 제외하면 이 몽유병자들은 인류의 가장 큰 위협이다. 어쩌면 그들을 포식자로 보고 우리를 먹잇감으로 보는 것은 잘못인지도 모른다. 그들은 전염병이고, 인류는 그 숙주이다. 운 좋은 희생자는 그들에게 잡아먹혀 뼈가 깨끗이 발리고 살은 소화된다. 별로 운이 없는 희생자는 자신을 덮친 무리에 합류하여 썩은 내를 풍기는 육식 괴물로 변신한다.

맥스 브룩스, 장성주 옮김, 『좀비 서바이벌 가이드』, 황금가지, 2011, 11쪽.

좀비는 신비로운 존재다. 그들은 죽어 있는 동시에 살아 있다. 그들은 인간이지만 인간을 먹는다. 그들은 가족이고 친구이고 연인인 동시에 적이다. 한때 익숙했던 눈동자가 붉게 변한 채로 우리를 잡아먹기 위해 노려본다. 그 앞에서는 누구든 갈등할 수밖에 없을 것이다. 그들은 여전히 우리의 일부인가, 혹은 가차 없이 죽여도 되는 적인가? 그 앞에서 쉽게 결정을 내리지 못하는 인간들은 언제 봐도 흥미로운 이야깃거리고, 삶과 죽음의 경계에 아슬하게 발을 걸치고 있는 좀비라는 존재는 언제 봐도 매력적인 크리처다. 부두교의 주술에서 시작되어 느리고 둔한 좀비에서 엄청난 스피드를 자랑하는 좀비로 발전하기까지, 좀비는 아주 오랫동안 우리 곁에 함께해왔다.

좀비는 가장 대중적이고 유명한 괴물이다. 남녀노소 모르는 사람이 없는 좀비를 다른 괴물들과 함께 다루지 않은 이유는 좀비는 나의 많은 부분을 차지하고 있는 괴물이기 때문이다. 좀비는 내가 평생 만나기를 꿈꿔온 존재다. 또 좀비는 내가 처음으로 글을 쓰게 만든 존재고, 가장 소중한 작품을 쓸 수 있도록 힘을 불어넣어준 존재다. 좀비는 나에게 새로운 세상으로 향하는 길을 열어주었다. 이 글은 내가 좀비를 향해 쓰는 첫 러브레터가 될 것이다. 그 정도로 좀비와 나는 아주 길고 지루한 역사를 가지고 있다.

나의 첫 좀비물은 〈새벽의 저주〉다. 이 영화는 좀비 바이러스의 원인이나 정체를 다루지 않고, 좀비와 좀비에 맞서 싸우는 인간들에게 초점을 맞춘다. 깜짝 놀랄 정도로 잔혹하고 정신적으로 힘들기도 하다. 도저히 살아 나갈 구멍이라고는 보이지 않는 장면들이 우리의 수명을 갉아먹는다.

〈새벽의 저주〉를 보던 순간은 기억 속에 사진처럼 또렷한 이미지로 남아 있다. 나는 아무도 없는 거실 소파에 홀로 앉아 있다. 창문 너머로 한낮의 햇빛이 쏟아진다. 나는 아직 어리다. 기껏해야 초등학교 고학년 정도로 보인다. 멍하니 입을 벌리고 있는 얼굴은 누가 봐도 완전히 매혹된 표정이다. 이렇게 말하면 우습겠지만, 당시 나는 좀비에게 첫눈에 반하고 말았다.

피를 뚝뚝 흘리며 내장을 씹어 먹는 좀비의 모습에서 고어물에 대한 시각적인 갈증을 충족할 수 있었다는 점 외에도, 재난 상황에서 살아남기 위해 애쓰는 다양한 인간 군상을 목격할 수 있다는 점에서 좀비물은 너무나 매력적이었다. 〈새벽의 저주〉를 시작으로 〈Rec〉〈28일 후〉 시리즈, 〈워킹 데드〉〈나는 전설이다〉를 감상한 나는 좀비 아포칼립스에 대한 동경을 키워가기 시작했다. 나의 마음은 단순한 동경에 그치지 않고 자꾸자꾸 자라서 두 가지 방향으로 뻗어나갔다. 나는 좀비물을 만드는 사람이 되고 싶었다. 이건 그나마 납득 가능하고 주변에 떠벌릴 수 있는 방향이었지만, 다른 하나는 그렇지 않았다. 나는 좀비 아포칼립스의 일원이 되고 싶었다. 정확히 말하면 나는 좀비 아포칼립스에 들어가고 싶었다. 물론 내 가족과 친구들은 모두 살아 있다는 안일한 전제하에 말이다.

좀비 아포칼립스로 들어가고 싶다는 말도 안 되는, 어디에 내놓기도 부끄러운 열망을 키워가면서 나는 틈만 나면 좀비 생각을 하기 시작했다. 어느 날 아침 창문 밖에서 들려오는 비명에 잠에서 깨는 일이 생기지 않을까? 사람이 많은 시내 한복판에서 누군가가 피를 토하며 모든 게 시작하지는 않을까? 나는 좀비가 나타났을 때 살아남는 방법을 담은 책『좀비 서바이벌 가이드』🐾를 읽었고, 갑작스레 세상이 아수라장이 될 경우 가방에 무엇을 집어넣어야 할지 고민하며 시간을 보내기도 했다. "지하철에서 출입문이 열리는 짧은 순간 좀비들이 달려온다면 어떻게 해야 할까?"라고 옆에 있던 누군가에게 물은 적도 있다. 물

🐾   맥스 브룩스, 앞의 책.

론 그 사람은 뭐 그런 쓸데없는 상상을 하냐는 얼굴로 나를 가만히 바라보았다. 그 반응에 나 자신이 잠깐 부끄러워져서, 그 후로 내 고민을 누구와도 나누지 않았다. '두고 보자, 나중에 좀비 아포칼립스가 터졌을 때 살아남는 사람은 나일 테니까!' 나는 그런 오만한 문장을 속으로 삼켰지만, 어쨌거나 '좀비 아포칼립스가 터졌을 때 생존할 수 있는 지식을 겸비하고 있음'을 이력서 특기란에 쓸 수는 없었다. 나는 각종 좀비 영화와 드라마를 통해 쌓아온 서바이벌 팁들을 차곡차곡 정리하면서, 언젠가는 쓸 일이 생길지도 모른다고 자신을 달랬다.

좀비 아포칼립스로 들어가고 싶다는 욕망을 해결하기 위해 이곳저곳 부지런히 돌아다니기도 했다. 할로윈 시즌에는 에버랜드를 방문해 좀비와 셀카를 찍고, '좀비 사파리'에 탑승해 붉은 조명 아래서 좀비를 피해 열심히 달렸다. 좀비 사파리는 거대한 버스를 타고 동물들이 서식하는 지역을 구경하는 기존의 사파리 어트랙션을 변경한 것으로, 버스를 타고 좀비에 점령당한 에버랜드를 벗어나야 한다는 깜찍한 목적을 가진 할로윈 시즌 한정 어트랙션이다. 더 많은 공포를 느끼기 위해선 창가 자리에 앉는 게 좋다. 엄청난 연기력을 겸비한 좀비들이 사납게 비명을 지르며 창문을 두드리는 걸 코앞에서 목격할 수 있으니까. 버스에는 기존의 사파리처럼 우리를 안내하는 가이드가 함께 타는데, 몸을 아끼지 않고 바닥을 구르는 그의 살신성인에 나는 깊은 감동을 받았다.

에버랜드에서 좀비 사파리를 체험한 나는 롯데월드의 '좀비 공장'도 방문했고, 공장 안을 걸어 다니는 내내 꽥꽥 비명을 질러 친구가 주변 사람들에게 사과하게 만들었다. 고개를 너무 숙이고 다닌 탓에 기억에 남는 건 별로 없지만 어쨌든 나는 탈출에 성공했다. 환한 햇빛 아래에서 안심한 채로 친구의 눈을 피하며 "아~ 하나도 안 무서웠다!"하고 큰 소리로 외친 기억이 난다. 가장 최근에 놀이공원을 방문한 건 2022년이었는데, 그때도 나는 해가 지면 나타나는 좀비를 만나기 위해 부지런히 뛰어다녔다. 결국 좀비와 팔짱을 끼고 수줍게 웃으며 사진을 찍는 데 성공했다. 하지만 사람들을 놀래키기 위해 끊임없이 그르렁거리던 그는 야속하게도 내 옆에서는 얌전히 서 있기만 했다. 무섭게 소리를 지르면 지를수록 내가 겁을 먹는 대신 더 즐거워하리라는 걸 알아챘는지도 모르겠다.

그 이후로도 나는 좀비를 소재로 한 콘텐츠들을 정복해갔다. 좀비 콘텐츠는 하루가 멀다 하고 쉬지 않고 쏟아져 나와 다 챙겨 보기가 힘든 지경에 이르렀지만 언젠가 좀비물을 만드는 창작자가 되고 싶다는 마음은 절대 사라지지 않았다. 기회는 생각지도 못하게 찾아왔다. 2017년 겨울, 나는 나의 첫 소설이자 첫 좀비물인 「라푼젤 그리고 좀비」를 쓰게 되었다.

2017년은 내게 아프고 괴로운 해였다. 살다 보면 유독 모든 게 끔찍하게 흘러가는 해가 한 번쯤은 있기 마련 아닌가. 나를 한계까지 몰아붙이는 사건들이 연달아 발생했고, 나는 모든 에너지를 잃었다. 원래도 그리 높지 않았던 자신감 역시 바닥을 뚫을 기세로 곤두박질쳤다. 나는 매일 누워서 시간을 보냈고, 누워 있지 않을 때는 울었다. 주변 사람들이 도대체 왜 그러냐고 물어도 마땅한 답을 돌려주지 못했다. 나도 나 자신을 설명할 수 없을 때였다. 나야말로 도대체 내가 왜 이러는지, 벗어날 수 있는 방법은 무엇인지 누구보다 알고 싶었다.

그런 나를 일으켜 세운 이는 친구들이었다. 그들은 보다 못해 나에게 손을 건네며 어떤 프로젝트를 제안했다. 나는 그 프로젝트에 참여하여 글을 쓰게 되었다. 이전에도 혼자 글을 끄적거린 적은 많았지만 누군가에게 보여주기 위해 글을 쓰는 건 처음이었다. 무엇을 써야 할까? 자신에게 물었을 때 가장 먼저 떠오른 건 좀비였다. 나는 좀비물을 쓰고 싶었다. 좀비물을 만드는 사람이 되고 싶다는 나의 오랜 욕망이 〈부산행〉의 흥행으로 인해 삐죽 고개를 내

밀던 참이었다.

좀비물을 쓰기로 결정한 뒤 나는 내가 누구보다 좀비물을 쓰고 싶지만 동시에 좀비물을 쓰고 싶지 않은 사람이라는 걸 알아차렸다. 나는 기존의 좀비물에서 볼 수 있었던 것 같은 사람들의 이야기를 쓰고 싶지 않았다. 내가 쓰고 싶은 건 재난 상황에서 살아남기 위해 서로를 의심하고 배척하고 싸우고 죽이는 이야기가 아니었다. 나는 창문 밖에 좀비가 득실득실한 상황에서도 서로에게 손을 내미는 사람들의 이야기를 쓰고 싶었다. 내 친구들이 나에게 그랬던 것처럼. 결국은 친구들에 대한 고마움을 표현하기 위해 글을 쓰기 시작했던 걸지도 모른다.

나는 좀비 아포칼립스 사태에서도 희망을 잃지 않고 나아가려는 A와, 방 안에 틀어박혀 나가지 않는 B의 모습을 떠올리기 시작했다. B는 침대에 누워 약을 먹고 아주 깊은 잠에 든다. B가 눈을 떴을 때는 이미 좀비들이 온 세상을 뒤덮은 뒤다. 죽고 싶었지만 좀비에 물려 죽기는 싫었던 B는 빌라 옥상으로 올라가 가만히 누워 죽을 날만 기다리기 시작한다. 그런 B의 앞에 좀비 아포칼립스 상황에서도 낙천적으로 살아가는, 동료를 무엇보다 필요로 하는 A가 나타난다는, 어떻게 보면 뻔하기 그지없는 이야기였다.

그 무렵의 나는 글을 쓰는 데 도움을 얻기 위해 닥치는 대로 좀비물을 보았다. 소설을 읽기도 했고, 이미 본 영화를 다시 보기도 했고, 시간이 없어 미뤄둔 영화를 틀어보기도 했다. 그때 빛처럼 소금처럼 나타나준 영화가 하나 있다. 바로 〈좀비랜드〉다.

영화는 주인공 '콜럼버스'가 좀비 아포칼립스에서 살아남기 위해 세운 규칙들을 읊는 내레이션으로 시작한다. 콜럼버스는 소심하고 유약한 대학생으로 주말 내내 게임을 하며 집에 처박혀 있는, 광대 공포증을 가진 '찌질이'다. 좀비 바이러스가 온 세상을 뒤덮고, 살아남은 콜럼버스는 자신만의 규칙을 몇 번이고 되새기며 그다지 가깝지 않았던 부모님이 계신 콜럼버스로 향하고 있다. 콜럼버스로 향하던 중 그는 생존자들을 만나 같은 차를 타게 된다. 콜럼버스, 텔러해시, 위치타, 리틀 록. 네 사람은 그렇게 아슬아슬한 동맹을 유지한다.

습관처럼 자신의 규칙들을 중얼거리는 주인공의 모습은 나에게 많은 영향을 끼쳤다. 콜럼버스가 제시한 규칙들은 이렇다. 1번, 유산소 운동. 지칠 줄 모르는 좀비가 뒤따라오는 상황에서 유산소 운동은 무엇보다도 제일 중요하다. 2번은 확인 사살이다. 좀비가 정말로 죽었는지 확신할 수 없는 상황에서는 총알에 인색하지 말라는 게 그의 조언이다. 3번 규칙 화장실을 조심해라, 4번 규칙 안전벨트를 매라…. 그렇게 자신만의 규칙 덕분에 살아남은 그는 이렇게 말한다. "난 항상 혼자 다니는 편이었다. 난 사람들이 좀비가 되기 전에도, 그들이 좀비인 것처럼 피했다(I've always been kind of a loner. I avoided people like they were zombies, even before they were zombies)."

좀비보다 사람을 대하는 게 더 어색한 그는 새로운 사람들을 만나고, 단순히 같은 생존자에서 동료로, 동료에서 가족으로 관계가 발전하는 변화를 겪는다. 그는 마침내 그들을 구하기 위해 광대 공포증마저 극복하는 성장을 보인다. 〈좀비랜드〉는 좀비 아포칼립스에서 살아남기 위해 처절하게 발버둥 치는 사람들의 이야기가 아니다. 좀비 아포칼립스가 아니었다면 결코 만날 수 없었을 사람들과 가족이 되어가는 과정에 대한 이야기다.

영화는 좀비를 통해 인간을 이야기한다. 그 지점은 나의 마음을 건드렸고 나도 그런 이야기를 쓸 수 있다는 용기를 주었다. 나는 좀비를 통해 A와 B가 서로에게 영향을 끼치는 이야기가 하고 싶었다. 나는 A가 콜럼버스처럼 자신만의 좀비 아포칼립스 규칙을 세우게 했고, 내가 그동안 쌓아놓은 팁을 모조리 A에게 전수했다. 자신만의 규칙을 따르며 살아남던 A는 어느 건물 옥상에서 죽을 날만 기다리고 있는 B를 발견한다. 꽁꽁 잠긴 건물의 문을 열고 옥상으로 올라간 A는 B에게 손을 내민다. 총 여덟 개의 에피소드를 가진 짧은 소설에 나는 「라푼젤 그리고 좀비」라는 제목을 붙였다.

「라푼젤 그리고 좀비」를 쓰면서 나는 우습게도 많은 위로를 받았다. 이야기를 쓰는 행위에는 사람을 치유할 정도로 어마어마한 힘이 있다는 걸 깨닫게 되었다. 나는 〈좀비랜드〉를 통해, 「라푼젤 그리고 좀비」를 통해 좀비라는 소재로도 따뜻한 이야기를, 누군가에게 구원이 되는 이야기를 할 수 있다는 걸 배웠다. 콜럼버스가 말했듯이 말이다. "서로가 없다면, 우리는 좀비와 다를 게 없다(And without other people, well, you might as well be a zombie)."

〈좀비랜드〉처럼 좀비를 통해 인간의 이야기를 하는 작품은 수도 없이 많다. 그중에서도 불편하지 않은 개그로 유쾌함을 끌어내는 훌륭한 작품이 있다. 바로 넷플릭스 오리지널 시트콤 〈산타클라리타 다이어트〉다.

주인공 '쉴라'와 '조엘' 부부는 부동산 중개업에 종사하는 평범한 사람들이다. 여느 때처럼 손님에게 집을 소개하고 있던 어느 날, 쉴라는 갑작스레 엄청난 양의 구토를 하고 쓰러진다. 쉴라의 구토물 사이에는 빨갛고 동그란 무언가가 함께 빠져나와 있다. 구토 이후로 쉴라는 백팔십도 변한다. 소심하고 섬세한 성격의 소유자였던 그는 시도 때도 없이 잠자리를 요구하고, 남편의 말을 듣지 않고 값비싼 차를 긁어버리는 화끈한 면모를 과시한다. 달라진 쉴라의 모습에 당황하는 조엘과 그들의 딸 '애비' 옆에서 쉴라는 행복한 얼굴로 날고기를 퍼먹고 있다. 그들은 곧 쉴라의 심장이 뛰지 않는다는 사실을 발견한다. 그렇다. 쉴라는 좀비가 된 것이다. 그렇게 사랑하는 아내에게 밥을 먹이기 위해 노력하는 조엘의 고군분투기가 펼쳐지는데….

조엘은 굉장한 애처가다. 그는 너무나 달라진 아내의 모습에 혼란스러워하고 불안해하지만, 동시에 아내가 힘들어하는 모습을 참지 못하는 사랑꾼이다. 달라진 쉴라는 충동적으로 행동하면서 종종 수습할 수 없는 사고를 친다. 피 웅덩이 속에서 입안 가득 내장을 문 채로 어쩔 수 없었다고 손사래를 치는 쉴라를 보며 조엘은 이마를 짚는다. 쉴라는 사고를 치고, 조엘은 수습하려 애쓴다. 물론 애쓸수록 상황은 순조롭게 악화되어간다. 흙구덩이에 시체를 묻으려다가 그만 핏덩이를 다 쏟아버리고 마는, 어딘가 모자라고 부족하지만 사랑스러운 부부의 이야기를 보고 있노라면 터지는 웃음을 참을 수 없다.

〈산타클라리타 다이어트〉에서 좀비는 대책 없이 사람

을 뜯어먹기만 하는 통제 불가능한 존재가 아니다. 그들은 조금은 충동적이고 조금은 독특한 인간이다. 그저 심장이 뛰지 않을 뿐. 〈산타클라리타 다이어트〉는 우리의 적으로만 기능했던 좀비라는 존재를 한층 더 가까이, 우리의 곁으로 끌고 들어온다. 좀비가 된 쉴라는 자신의 상태에 굉장히 만족한다. 이전에는 주저했던 일을 마음껏 저지르고 해치워버리면서 쉴라는 벅차는 해방감을 느낀다. 좀비가 된다는 건 어쩌면 진정한 내가 된다는 의미일지도 모른다. 그저 조금 특이한 입맛을 가진 나.

쉴라와 조엘은 평범한 사람을 죽이지 않는다. 그들은 나치 추종자, 소아성애자, 마약상 같은 인간들을 노린다. 상대가 나쁜 인간일수록 기분 좋게 웃으며 멋진 점심 메뉴를 본 사람처럼 입맛을 다시는 쉴라의 모습은 유쾌하기 그지없다. 그 옆에서 황당해 죽겠다는 얼굴로 쩔쩔매는 조엘의 얼굴은 바라보는 것만으로도 웃음을 자아낸다. 〈산타클라리타 다이어트〉는 '진짜 자기 자신'이 된 쉴라와 그의 가족들이 겪는 성장과 사랑에 대한 이야기다. 갑작스레 제작이 중단되어버린 비운의 드라마지만 나는 지금도 기분이 가라앉을 때면 〈산타클라리타 다이어트〉를 튼다.

나의 욕망은 그렇게 여러 작품을 거치며 구체적인 목표를 완성해나갔다. 나는 좀비를 통해 진짜 나를 되찾는 이야기를, 사랑을 이루는 이야기를, 삶의 의미를 되찾는 이야기를 만들어야 했다.「라푼젤 그리고 좀비」처럼 피로 얼룩진 세상에서도 상대를 향해 손을 내미는 사람들에 대해 말해야 했다. 단편집『좀비즈 어웨이』는 그런 과정을 거쳐 세상에 나오게 되었다. 좀비 아포칼립스 상황에서 벌어지는 세 편의 이야기를 담은『좀비즈 어웨이』를 통해 나는 좀비와 인간에 대한 애정을 듬뿍 드러내고자 노력했다. 좀비는 그렇게 나의 작품 세계에서 절대 사라질 수 없는 존재가 되었다.

　좀비는 무시무시한 힘을 가진 과격한 집단이다. 그들에겐 설득도 회유도 통하지 않았다. 그들은 인간을 먹고, 동시에 인간을 감염시켰다. 기하급수적으로 불어나는 그들 앞에서 우리가 할 수 있는 일이라곤 튼튼한 두 다리를 믿고 뒤도 돌아보지 않고 달리는 것뿐이었다. 좀비를 죽일 수 있는 방법은 대체로 머리를 날려서 뇌에 손상을 가하는 것이었는데, 머리가 멀쩡하게 붙어 있는 한 그들은 팔과 다리가 잘려도 지치지 않고 우리를 쫓아왔다. 좀비는 한동안 인류에게 최악의 포식자였다.
　조지 로메로의 〈살아 있는 시체들의 밤〉에서 본격적으로 존재감을 드러내기 시작한 그들은 〈새벽의 저주〉〈워킹 데드〉를 지나 〈부산행〉과 〈킹덤〉을 통해 한국 콘텐츠와도 분리할 수 없는 존재가 되었다. 이제 그들은 단순한 포식자의 위치를 벗어나 와이파이를 찾아 헤매기도 하고(〈데드 돈 다이〉), 사람과 사랑에 빠지기도 하며(〈웜 바디스〉), 나쁜 놈만 골라 죽이기도 한다(〈산타클라리타 다이어트〉). 그들은 앞으로도 전혀 예상하지 못한 모습으로 우리 앞에 나타날 것이다. 좀비의 변화 가능성은 무궁무진하다. 세상에 이토록 기상천외하고 매력적이며 동시에 공포스러운 이들이 또 있을까? 오늘도 좀비에 대한 무한한 애정을 느끼며, 나는 〈산타클라리타 다이어트〉 시즌 4가 제작되기를 간절히 바라본다.

이 책에 8번 항목은 존재하지 않습니다

몇 년 전 갑자기 나타나 공포 게시판을 점령해버린 뒤 어느새 하나의 장르로 자리 잡은 괴담이 있다. 바로 규칙 괴담이다.

규칙 괴담은 이름 그대로 지정된 어느 장소에서 지켜야 하는 규칙과 지침을 나열하는 괴담이다. 편의점, 호텔, 학교, 도서관, 놀이공원… 어느 곳이든 배경이 될 수 있다. 열거된 규칙에는 의도를 알 수 없는 정체불명의 지침들이 포함된 경우가 많다. 그런 지침들은 대개 명확히 설명할 수 없는 무언가를 피하거나 그로부터 도망가기 위한 설명을 담고 있다. 규칙을 어겼을 경우에 어떻게 되는지는 정확히 가르쳐주지 않는다. 우리가 무엇으로부터 도망쳐야 하는지, 규칙을 지키지 못할 경우 어떻게 되는지, 이 장소는 대체 무엇을 하는 곳인지 등 모든 질문에 대한 답은 우리가 상상 속에서 스스로 찾아내야 한다. 규칙 괴담의 예를 한번 들어보겠다.

〈○○호텔 직원 행동 지침서〉

○○호텔에서 근무하게 된 신입 직원 여러분 모두 환영합니다! ○○호텔은 모든 고객에게 진심에서 우러난 서비스와 친절을 제공하는 것을 무엇보다 우선시하고 있습니다. 다음의 지침서를 꼼꼼히 확인하여 주시길 바랍니다. ○○호텔 운영진들은 지침을 어겨 발생하는 모든 사고에 대해 책임을 지지 않고 있습니다.

1. 현재 404호 객실은 운영하고 있지 않습니다. 만약 내선전화로 404호 손님이라고 주장하는 사람이 룸서비스를 주문할 경우, 당황하지 말고 평소대로 친절히 응대하십시오. 전화를 끊은 후에는 메모지에 전화가 걸려온 시각과 그가 주문한 메뉴를 적은 다음 호텔 지배인에게 전달해주시기 바랍니다. 그는 ○○호텔에서 10년째 근무 중으로, 404호 손님을 다루는 방법을 잘 알고 있습니다.

2. 엘리베이터를 타고 층을 이동할 때는 반드시 주의가 필

요합니다. 매 층에서 문이 열릴 때마다 복도 끝을 꼭 확인하십시오. 만약 복도 끝에서 검은 형체가 보일 경우 곧바로 엘리베이터 문을 닫으시기를 바랍니다. '그것'은 굉장히 빠르지만 호텔의 복도는 '그것'의 속도를 계산하여 설계되었습니다. 엘리베이터 문은 '그것'이 도착하기 전에 완전히 닫힐 것이므로, 걱정하지 마십시오. 문이 닫힌 뒤에는 '그것'이 엘리베이터에 부딪히며 진동 혹은 소음이 발생할 수 있습니다. 만약 손님과 함께 엘리베이터에 탑승해 있을 때 이런 일이 발생한다면, 해당 손님을 3층의 세탁실로 안내하기를 바랍니다. 세탁물 담당자는 손님의 기억을 건드리는 일에 능숙합니다.

3. 매달 셋째 주 금요일 새벽 2시 33분에는 '소녀'가 찾아옵니다. 여자아이가 로비 카운터로 다가와 말을 걸 경우 절대 대답하면 안 됩니다. 대신 카운터에 있는 사탕 바구니를 내미십시오. 절대 아이에게 말을 걸거나 눈을 마주치면 안 됩니다. 혹시나 실수로 아이와 눈이 마주치는 경우 카운터 왼쪽 서랍 안에 설치된 비상벨을 누르십시오. 로비 불이 꺼지면 즉시 1층 스태프 룸으로 도망가야 합니다. 아이는 어둠을 두려워합니다. 지배인이 도착해 상황을 해결하고 불을 다시 켜기 전까지 절대로 나오지 마십시오.

지침을 어겨 생기는 부상, 신체 절단, 신체 분실, 사망에 대하여 호텔은 책임지지 않고 있습니다.

이처럼 규칙 괴담은 어느 특정 장소에서 발생할 수 있는 다양한 괴담의 집합체라고 생각할 수 있다. 규칙은 아주 간단한 것부터 시작해서 이걸 기억할 수 있을지 의문이 들 정도로 복잡한 것까지 다양하다. 어떤 규칙은 너무 복잡해서 "그냥 죽을게요…." 소리가 절로 나오지만 어찌 되었건 괴담을 읽은 우리는 호텔에서 일하는 직원이 되어 끝없이 이어지는 규칙들을 모조리 숙지해야 할 운명에 놓인다.

규칙 괴담은 우리가 맞서는 정체불명의 존재들이 무엇인지 정확히 가르쳐주지 않는다. 그저 미묘한 문장으로 의문을 남겨 상상력을 자극할 뿐이다. 우리의 상상 속에서 이 호텔은 무엇이든 될 수 있다. ○○호텔은 알고 보면 매층마다 존재하는 괴물들을 관리하는 호텔일 수도 있다. 매달 투숙객 중 한 명을 괴물들에게 바치는 곳일지도 모른다. 어쩌면 지배인은 이 모든 걸 뒤에서 계획하고 조종하는 흑막일 수도 있다! 규칙 괴담 속에서는 무엇이든 답이 될 수 있다. 그렇기에 규칙 괴담은 절대 분명한 답을 주는 법이 없다. 어딘가 의미심장하고 찜찜한 문장들은 우리를 안심시키려고 애쓰는 것처럼 보이지만, 미묘한 어투에서 우리는 본능적으로 위험을 감지한다. 위험을 감지하는 순간 공포는 시작된다. 작은 위화감에서 시작된 공포는 우리의 상상력을 타고 뻗어나가 때로는 괴담의 의도보다 더 무시무시한 공포에 이르기도 한다.

이렇게 기본적으로 구성된 규칙 괴담에 조금 깜찍한 반전을 추가해 공포감을 더하는 방법도 있다. 마지막에 이런 항목을 더하는 것이다.

6. 이 지침서에 3번 항목은 존재하지 않습니다. 지침서에서 3번 항목을 발견할 경우, 즉시 불에 태워버리십시오. 어린이 손님에게 친절하고 다정하게 응대하는 것은 ○○호텔 직원 모두가 지녀야 할 태도입니다. 무릎을 꿇어 눈높이를 맞추고 상냥하게 대답하십시오.

마지막 항목을 읽은 독자는 혼란에 빠진다. 나는 분명 3번 항목을 읽었는데? 그래서 대답하라는 거야, 말라는 거야? 만약 작가가 컴퓨터와 인터넷을 다루는 데 능숙하다면, 조금 더 흥미로운 효과를 추가할 수도 있다. 독자가 스크롤을 6번 항목까지 내렸다가 다시 3번을 읽기 위해 올라갔을 때, 3번 항목이 사라져 있게 만드는 것이다. 참고로 나는 독자로서 그런 효과를 몇 번 체험한 적 있다. 분명 읽었던 항목이 사라진 것을 확인했을 때 찌르르 몸을 타고 올라오는 그 공포는 굉장히 짜릿했다. 항목을 사라지게 하는 것은 인터넷에서만 할 수 있는 방법이지만 공포를 효과적으로 표현하기에는 이만한 게 없다.

규칙 괴담은 한동안 인터넷을 휩쓸며 지금은 어디서나 쉽게 볼 수 있게 되었고, 단단한 마니아층이 존재하는 하나의 장르로 자리 잡았다. 규칙 괴담이 유행한 이유는 간단하다. 쉽기 때문이다. 규칙 괴담은 진입 장벽이 낮다. 우리 모두 놀이공원에, 학교에, 호텔에 한 번쯤은 다녀온 경험이 있다. 규칙 괴담이 어디서 벌어지는 무엇에 대한 것인지 규정하는 순간 독자들은 쉽게 괴담에 이입하게 된다. 명확한 배경에 명확한 역할이 부여되면, 독자는 자연스레 지침서를 받은 인물이 되어 괴담을 읽어 내려간다.

괴담이 우리 일상에 녹아든다는 점 역시 규칙 괴담이 인기를 얻은 원인 중 하나일 것이다. 규칙 괴담은 특별하고 대단한 장소에서 벌어지는 사건을 다루지 않는다. 규칙 괴담은 우리가 하루에 한 번씩은 마주치는, 당연하고도 일상적인 장소에서 벌어진다. 우리 모두에게 익숙한 공간들은 '규칙'이 끼어드는 순간 공포의 공간으로 탈바꿈한다. 똑같이 흘러가는 지루한 일상에 위험한 규칙이 끼어드는 순간 찾아오는 공포, 사람들은 그 공포가 주는 짜릿함에 매료된 것이 아닐까?

　모두가 쉽게 몰입할 수 있는 일상을 배경으로 한다는 것 외에도, 규칙 괴담은 독자들에게 선택지를 제공한다는 장점을 지니고 있다. 규칙 괴담은 우리에게 매번 질문을 던진다. '그래서, 당신이라면 여기서 일할 수 있겠어? 여기를 다닐 수 있겠어?' 그리고 우리는 괴담을 읽으며 자연스레 대답하게 되는 것이다. '규칙이 너무 많아요. 일 못하겠어요.' '그냥 퇴사하겠습니다.' 인터넷 사이트에서 규칙 괴담을 읽다 보면 이런 댓글을 많이 발견하게 된다. 규칙 괴담의 장점이 정말로 우리에게 작용하고 있음을 보여주는 예다.

　규칙 괴담은 간단한 문장과 설정만으로 독자에게 공포를 제공한다. 상상력이 풍부한 독자일수록 괴담의 효과는 커진다. 규칙 괴담은 여지를 남겨두는 괴담이기 때문이다. 독자의 상상력이 괴담과 결합할 때, 규칙 괴담은 비로소 완성된다. 세상 모든 이야기가 그렇지만, 규칙 괴담은 특히나 독자를 필요로 하는 이야기다. 그렇기에 나는 규칙 괴담을 사랑한다. 규칙 괴담은 언제나 나의 상상력을 자극하고, 일상에 지쳐 딱딱해진 뇌를 공포로 말랑말랑하게 한다.

마지막으로 내가 쓴 규칙 괴담을 한 편 소개하는 것으로 이 글을 마무리하려고 한다. 온라인 소설 플랫폼 브릿G에 업로드한 작품으로, 말 그대로 진짜 '규칙'을 나열한 작품이다. 여러분이 내 이야기를 읽고 규칙 괴담에 관심을 가지게 된다면 더할 나위 없이 기쁘겠다. 아, 마지막으로 한마디를 덧붙이고 싶다. 이 책에 8번 항목이 있었던가?

〈한국 전통 놀이 부흥회: 제기차기 서바이벌〉

'한국 전통 놀이 부흥회'에서 주최한 [서바이벌 전통 놀이: 제기차기 체험]에 등록되신 24인의 참가자 여러분 모두를 진심으로 환영합니다! 여러분은 지금부터 최후의 1인만이 살아남는 '제기차기 서바이벌'을 플레이하게 될 예정입니다. 이 안내문은 참가자 한 명당 한 장씩만 제공되므로, 게임 진행 중 분실하여 룰을 숙지하지 못하는 일이 없도록 각별한 주의를 부탁드립니다.

게임 룰을 소개하기에 앞서, '제기차기 서바이벌' 참가자들을 선발한 방법에 대하여 간략히 안내해드리겠습니다.
주최 측은 지난 한 달간 한국 전역에서 이루어진 설문조사를 바탕으로 하여 만 20~35세의 남녀 청년들에 대한 정보를 수집하였고, '네' 항목을 70퍼센트 이상 선택한 청년 중에서 총 24명의 참가자를 선발하였습니다. (공정성을 위해 선발 기준을 밝히지 못하는 점 양해 부탁드립니다.)

체험 날짜는 플레이어 여러분들이 설문조사에 적어주신 것을 바탕으로 선정했으며, 주최 측 사정으로 인해 참가 등록 여부와 체험 날짜에 대한 고지 없이 여러분을 바로 이 자리에 모시게 되었습니다. 인문학 강의와 취업 특강을 기대하셨던 분들께 깊은 사과 말씀을 전하며, '제기차기 서바이벌'로 그보다 더 큰 재미와 스릴을 선물할 것을 약속드립니다! (이는 '제기차기 서바이벌' 프로토타입의 테스터분들께서 직접 증명하신 바 있습니다)

다음으로 가장 중요한 '제기차기 서바이벌'의 게임 룰에 대하여 설명해드리겠습니다.

'제기차기 서바이벌'은 24인의 플레이어가 참가하여, 총 3번의 라운드를 통해 최후의 1인을 결정하는 서바이벌 체험입니다. 3번의 라운드는 '셈제기' '사방제기' '종로제기'로 구성되어 있으며, 모든 게임은 전통 놀이인 '제기차기'를 기본 바탕으로 하여 재구성한 것입니다. 여러분들은 단 한 명의 플레이어만 남을 때까지 게임을 진행하게 될 것이며, 게임 진행 중에 발생하는 부상, 신체 분실, 사망과 관련하여 주최 측은 그 어떤 책임도 지지 않고 있습니다.

〈셈제기〉

참가 인원: 24인

일반적인 '셈제기'는 여러분들이 생각하시는 기본 제기차기와 같습니다. 플레이어들에게는 각각 한 번의 기회가 주어지며, 제기를 땅에 떨어트리지 않고 가장 많이 차는 플레이어가 우승하는 방식입니다. 저희 '한국 전통 놀이 부흥회'에서는 일반 셈제기가 서바이벌이라는 취지에 부합하지 않는다고 판단하여, 자체적으로 부수적인 룰을 추가하여 게임을 한층 더 다채롭고 스릴 있게 재구성하였습니다. 기본적인 게임 방법은 다음과 같습니다.

1. 24인의 참가자들은 6명씩 4조로 나뉘어 게임을 플레이한다.
2. 각 조의 1위, 2위만이 승자가 되어 다음 라운드로 진출할 수 있다.
3. 먼저 6인의 플레이어들끼리 상의 후 제기차기 순서를 정한다.

4. 플레이어들은 순서대로 앞으로 나가 제기를 찬다. 이때, 제기를 차는 플레이어의 등 뒤로 특정 숫자가 나타난다. 다른 플레이어들은 이 숫자를 볼 수 있지만 제기를 차는 플레이어는 본인의 숫자를 볼 수 없다. 만약 자신의 숫자를 보기 위해 뒤를 돌 경우 '폭사'하게 되므로 주의한다.

5. 제기를 차는 플레이어는 자신의 숫자와 최대한 가까운 숫자만큼 제기를 차야 한다. 숫자는 1부터 100까지 무작위로 나타나며, 오차가 제일 적은 플레이어가 1위, 그다음 플레이어가 2위를 차지하게 된다.

제기를 차는 플레이어에게 '등 뒤의 숫자'에 대해 알려주는 것은 나머지 플레이어들의 자유입니다. 또한 거짓말을 하는 것 역시 얼마든지 자유롭게 가능합니다. 한 가지 주의할 점은, 여러분이 차게 될 제기는 일반적인 제기가 아니라 '살아 있는 제기'라는 것입니다. 주최 측에서 특별히 이번 게임을 위해 제작한 제기는 평소에는 깊이 잠들어 있지만, 50회 이상 발로 차게 되면 잠에서 깨어나 플레이어들의 발을 물어뜯을 것이며, 100회 이상 발로 차게 될 경우 신체에 닿을 때마다 상당한 양의 살점을 씹어 먹습니다. 발로 차면 찰수록 그 양은 점점 더 늘어나므로 무사히 두 다리로 걸어 다니기 위해서는 빛나는 재치가 필요할 것입니다!

(테스트 결과, '살아 있는 제기'는 평균적으로 성인 남녀의 다리를 27개까지 소화하는 것으로 밝혀졌습니다)

따라서 이 '셈제기'에서 가장 중요한 것은 최대한 빠른 순서를 선점하는 것과 본인의 차례에 '등 뒤의 숫자'를 유추하는 것 두 가지입니다. 6인의 플레이어들에게는 순서를 정할 수 있는 시간으로 총 120분이 주어질 것이며, 3번에서 알 수 있듯이 '순서를 정하는 방법'에는 제한이 없습니다. (주최 측에서는 토론, 제비뽑기, 가위바위보, 협박, 폭력 등 어떤 방법이라도 적극적으로 지지하고 있습니다.) 하지만 지나치게 '폭력적'으로 행동할 경우, 당신의 차례에 남은 사람들이 '등 뒤의 숫자'에 대하여 거짓말을 할 수 있으므로 주의해야 합니다.

제한 시간 120분 동안 적절하게 행동하여(동료를 얻거나, 회유하거나, 협박하거나, 죽이거나) 빠른 순서를 선점한 후, '살아 있는 제기'가 본격적으로 여러분을 씹어먹기 전에 본인의 숫자와 가장 가깝게 제기를 찬 두 명만이 살아남아 다음 라운드에 진출하게 될 것입니다! '어떠한 방법'으로 '어떤 순서'를 선점하느냐에 여러분의 생명이 달려 있습니다. 명심하세요! 사람은 누구나 거짓말을 할 수 있으며, 사람의 얼굴은 때론 말보다 더 많은 것을 보여주기도 합니다. 제기를 차면서 당신을 바라보고 있는 얼굴들을 유심히 관찰하고, 등 뒤의 숫자를 유추해보세요!

그럼, 행운을 빕니다!

※ 다음 라운드 진출에 실패한 3~6위의 플레이어들은 주최 측의 매뉴얼에 따라 여섯 부분으로 찢어져 보관될 예정입니다. '살아 있는 제기'를 대신하여 미리 깊은 감사의 말씀을 전합니다.

9. 공포 게임의 맛

공포 영화는 너무 많이 봐서 질린다고? 공포 소설보다 더 무서운 게 필요하다고? 차원이 다른 공포를 필요로 하는 당신에게 딱 맞는 콘텐츠가 있다. 바로 공포 게임이다. 공포 게임은 대중적으로 유명하기보다는 탄탄한 마니아층을 보유하고 있는 편이고 그래서 진입 장벽도 높지만 한번 빠져들면 헤어 나올 수 없는 콘텐츠다.

공포 게임은 영화나 소설이 주지 못하는 특별한 경험을 플레이어에게 제공한다. 게임이 시작되는 순간 우리는 공포 속에서 스스로 움직여야 한다. 원하는 곳으로 이동하고, 물건을 집어 들고, 적을 피해 숨는다. 이 모든 게 우리의 선택으로 이루어진다. 의지를 가지고 움직여야 한다는 것은 다른 어떤 공포 콘텐츠와도 견줄 수 없는 장점이다. '직접' 움직이고 행동함으로써, 우리는 영화나 책 속에서는 찾지 못하는 몰입감을 경험하게 된다.

　동시에 공포 게임은 우리가 '직접' 움직이기 때문에 난이도가 어렵고 진입 장벽이 높은 콘텐츠이기도 하다. 당장 등 뒤에서 적이 쫓아오고 있는 와중에도 우리는 침착하게 길을 찾아야 한다. 안 그래도 복잡한 길을 달리면서 동시에 아이템까지 주워야 할지도 모른다. 우리의 체력에는 한계가 있지만 우리를 쫓는 적에게는 한계가 없다. 도망가는 와중에 길도 찾고 아이템도 챙기고… 상상만 해도 눈앞이 깜깜해지는 일이다. 만약 당신이 길치라면 난도는 배로 올라간다. 공포 게임 제작자들은 절대로 모두가 쉽게 길을 찾도록 맵을 설계하지 않기 때문이다. 그들은 어떻게 하면 우리를 더 겁에 질리게 할 수 있을지 고민하는 아주 사악한 악마들이다.

　하지만 이런 어려움에도 불구하고, 공포 게임은 플레이할 가치가 충분하다. 공포 게임은 영화나 책처럼 가만히 바라보는 것만으로 이야기가 흘러가지 않는다. 무언가를 피해 필사적으로 달아나고, 등 뒤에 무언가 있다는 느낌을 받으면서도 뒤를 돌아보고, 아무것도 보이지 않는 깜깜한 방 안으로 들어가야만 이야기는 앞으로 나아간다. 우리의 의지로만 진행될 수 있는 무서운 이야기라니, 세상에 이보다 흥미로운 것이 또 있을까?

내가 처음으로 공포 게임을 플레이한 건 초등학생 때였다. 앞서 설명했듯이 그때는 다양한 콘텐츠들이 엽기의 탈을 쓰고 쏟아지던 시절이었다. 그중에는 '세상에서 제일 무서운 게임' '무서워서 기네스북에 오른 게임'이라는 설명이 붙던 플래시 게임이 하나 있었다. 지금 생각해보면 말도 안 되는 네이밍이지만 고작 초등학생이었던 나는 그게 진짜인지 거짓인지 판별하기엔 식견이 턱없이 부족했다. 세상에, 무서워서 기네스북에 오른 게임이래! 나는 친구들과 함께 소곤거렸고, 게임은 우리들 사이에서 소소하게 유행했다. 컴퓨터 수업 시간에 이 게임을 플레이하는 영웅이 나타나면 아이들은 그 주변으로 벌떼처럼 몰려들어 다 함께 비명을 질렀다. 나 역시 거기에 끼어들어 같이 비명을 지르는 아이 중 하나였다.

'세상에서 제일 무서운 게임'의 진짜 이름은 〈더 하우스〉로, 일가족이 죽은 어느 저택에 들어가는 게임이다. 〈더 하우스 1〉에서 플레이어는 총 다섯 개의 공간을 순서대로 탐험한다. 식당, 화장실, 부엌, 거실, 복도. 다시 한 번 말하지만, 미치도록 귀신을 보고 싶은 게 아니라면 거대한 저택은 피하는 게 좋다. 복도까지 있는 저택에 살면서 귀신이 없기를 바라는 것은 어불성설이다. 과거에 끔찍한 사건이 있었고 그 사건과 관련된 귀신이 나타난다는 점에서

〈더 하우스 1〉의 플레이 화면 (ⓒ신타이 스튜디오)

〈더 하우스〉는 하우스 호러의 정석이라고 할 수 있다. 제목마저 '더 하우스' 아닌가. 나는 이렇게 큰 집에 살지 않아서 천만다행이다.

플레이를 시작하는 순간 게임에서는 한때 수많은 초등학생의 밤잠을 설치게 했던 음악이 흘러나온다. 〈착신아리〉를 방불케 하는 음악에 서서히 익숙해지면 그제야 마우스로 식당 이곳저곳을 콕콕 클릭해볼 용기가 생긴다. 클릭할 수 있는 아이템은 굉장히 한정적이다. 단란한 가족의 모습이 그려져 있는 작은 액자. 액자를 클릭하다 보면 천장에서 공이 떨어지고, 공과 액자를 번갈아 클릭하다 보면 창턱에 귀신이 나타났다가 사라진다. 용기를 내어 계속 클릭하다 보면 변화가 일어난다. 액자는 깨지고, 공은 커다란 소리와 함께 터지며 핏자국을 남긴다. 그리고 전혀 예상치 못한 순간 어떤 일이 벌어진다. 나름대로 공포에 면역이 있는 어른이 된 지금도 마음의 준비 없이 보았다간 큰일날 수 있는 장면이다. 정확히 어떤 장면인지는… 게임을 직접 해보고 싶어 할 여러분을 위해 설명하지 않고 남겨두기로 하겠다.

초등학생이었던 나는 〈더 하우스 1〉을 플레이하고 처음으로 '뒷덜미가 뜨거워지는 공포'가 무엇인지 느꼈다. 너무 놀라면 소리도 지를 수 없다는 걸 그때 처음 알았다. 목덜미에서 시작된 열기는 온몸으로 퍼졌고, 곧 가슴 부근이 뜨겁게 달아올랐다. 나는 한동안 마우스를 움직이지 못하고 미친 듯이 뛰고 있는 심장을 진정시켜야 했다. 인생 첫 공포 게임은 그렇게 강렬한 추억을 남기고 기억 저편으로 사라졌다.

다음으로 만난 공포 게임은 그 유명한 〈아오오니〉다. 아오오니는 픽셀로 이루어진 쯔꾸르 공포 게임이다. 쯔꾸르 공포 게임은 '쯔꾸르'라는 게임 제작 툴로 만든 공포 게임들을 말한다. 용량이 작고 분량도 많지 않기 때문에 몇 시간 동안 짧은 공포를 맛보기에 적합한 게임들이다. 쯔꾸르 공포 게임은 대개 아이템을 발견하고 그 아이템을 적절한 곳에 사용하는 방식으로 전개된다. 때때로 꽤 난이도가 어려운 퍼즐이 등장하기도 한다. 그리고 공포 게임이기 때문에 당연히 플레이어를 겁에 질리게 만드는 '어떤 존재'가 등장한다.

단순히 쯔꾸르 공포 게임을 검색했을 때 나오는 이미지만 본다면 '이게 뭐가 무섭다는 거야?'라는 반응이 튀어나올지도 모른다. 픽셀로 이루어진 깜찍한 캐릭터들과 맵을 본다면 누구라도 그런 생각이 들 것이다. 하지만 쯔꾸르 공포 게임의 진면목은 당연히 게임을 직접 플레이해야만 맛볼 수 있다. 게임을 진행하다 보면 단순하기 그지없는 움직임과 연출만으로도 우리가 충분히 겁에 질릴 수 있음을 알게 될 것이다.

〈아오오니〉의 스토리는 간단하다. 주인공 '히로시'를 포함한 네 명의 친구들은 괴물이 나온다는 저택을 방문한다. (현명한 사람이라면 그런 곳은 절대 가지 않을 것이다.) 저택 입구에서 괴물이 있다 없다로 소소한 실랑이를 벌이던 와중 접시 깨지는 소리가 들리고, 히로시가 부엌을 확인하고 입구로 돌아왔을 때는 친구들이 모두 사라져버린 뒤다. 영문을 알 수 없지만 저택을 나가는 문은 단단히 잠겨 있다. 히로시는 저택을 탐색하던 중 소문만 무성하던 '괴물'의 정체를 목격한다. 푸른색과 보라색이 오묘하게 뒤섞인 몸에 커다란 눈을 가진 괴물은 히로시를 먹어 치우기 위해 다가온다. 괴물 '아오오니'다.

아오오니를 처음 만나고 나는 〈더 하우스 1〉 때와 마찬가지로 심장이 뜨거워지는 공포를 느꼈다. 아오오니는 익숙해지면 제법 귀여운 구석이 보일 정도로 애매하게 생겼지만 문제는 아오오니가 플레이어를 쫓아오는 방식에 있었다. 아오오니는 전혀 예상치 못한 순간에 우리를 덮친다. 갑자기 방문을 열고 들이닥치기도 하고, 벽난로에서 기어 나오기도 한다. 아오오니가 플레이어를 쫓아올 때는 소름 끼치는 음악이 흐른다. 음악과 함께 플레이어를 조여 오는 아오오니는 꽤나 똑똑하기까지 해서, 아오오니가 보고 있는 앞에서 옷장 안에 숨으면 벌컥 문을 열어젖혀 플레이어를 찾아낸다. 옷장 문이 갑자기 열리면서 화면 가득 차는 아오오니의 얼굴은… 아오오니에겐 미안한 말이지만 지금 봐도 꽤 거북하다.

매력적인 괴물과 단순하지만 흥미로운 게임 방식으로 수많은 패러디를 낳은 〈아오오니〉는 지금까지도 공포 게임 스트리머들이 '명작'이라고 칭하며 종종 플레이하는 게임이다. 〈아오오니〉를 만난 뒤 나는 '누군가에게 추격당한다'는 감각이 얼마나 공포스럽고 무시무시하며 동시에 짜릿한지 알게 되었다. 쯔꾸르 공포 게임의 시초라 할 수 있는 〈아오오니〉는 본격적으로 공포 게임의 세계로 뛰어들기 전에 준비운동처럼 경험하기에 적합한 게임이다.

또 다른 쯔꾸르 명작이 궁금하다면 쯔꾸르 공포 게임의 대표작 〈이브〉를 소개해주고 싶다. 스토리와 퍼즐에 조금 더 중점을 둔 게임으로, 스산한 분위기와 깜짝 놀래키는 연출도 있지만 게임성 그 자체만으로 감탄할 수 있는 작품이다. 2022년에 리메이크되는 등 여전히 인기 있는 게임으로, 아련하고 쓸쓸한 배경 음악이 일품이다.

주인공 '이브'는 부모님과 함께 '게르테나'라는 작가의 전시회가 열리는 미술관에 방문한다. 독특한 조각품과 그림 들을 구경하던 중 갑자기 부모님을 비롯한 모든 관람객이 사라지고, 벽면에 쓰인 붉은 글씨가 이브의 이름을 부른다. 이브는 그렇게 게르테나의 그림으로 들어가게 된다. 그 속은 온갖 수수께끼와 퍼즐, 미지의 존재로 가득한 세상이다.

〈이브〉는 여러 가지 결말을 가지고 있어, 플레이어의 선택에 따라 엔딩이 달라진다. 공포 요소를 제외하고도

〈이브〉의 서사가 훌륭하다는 걸 보여주는 부분이다. 하지만 그렇다고 해서 공포 요소를 언급하지 않을 수는 없다. 그림 속에서 뛰쳐나와 이브를 쫓아오는 여자, 벽을 뚫고 튀어나와 이브를 붙잡는 정체불명의 손, 보기만 해도 기분이 나빠지는 괴상한 인형까지 〈이브〉에는 다양한 공포 요소가 존재한다. 인형은 TV 예능 시리즈 〈대탈출〉의 '악령 감옥' 편에 카메오처럼 등장하기도 했다. 〈대탈출〉을 보던 나는 인형의 등장에 호들갑을 떨며 반가워했다. 〈이브〉가 공포 마니아들 사이에서 얼마나 유명한 작품인지 확인받은 기분이었다.

〈이브〉처럼 스토리와 게임성이 훌륭하면서도 좀 더 수준 높은 공포가 가미된 작품을 원한다면 〈마녀의 집〉을 추천한다. 마찬가지로 쯔꾸르 공포 게임의 대표작 중 하나로, 주인공 '비올라'가 마녀의 집에 들어가게 되면서 벌어지는 일을 다루고 있다. 중간에 동료가 등장하기도 하고 아련하고 따뜻한 결말을 보여주는 〈이브〉와는 달리, 처음부터 끝까지 공포스러운 분위기를 유지하며 충격적인 결말로 플레이어의 뒤통수를 후려치는 게임이다.

쯔꾸르 공포 게임을 처음 만났을 때 나는 중학생이었다. 어쩌다 유명 스트리머가 〈아오오니〉를 플레이하는 영상을 보게 된 나는 신이 나서 친구에게 〈아오오니〉를 소개

〈마녀의 집〉의 플레이 화면 (ⓒふみ＿(Fummy))

했고, 우리는 가끔 '아오오니 놀이'를 하며 지냈다. 이동 수업이 끝나면 한 명이 먼저 교실로 달려가 아오오니가 되어 어딘가에 숨는다. 그럼 뒤늦게 도착한 다른 한 명이 아오오니를 찾는다는 단순한 놀이였다. 유치원 때 하던 '핑구의 악몽' 놀이와 비슷한 짓을 중학생 때까지 했다는 사실을 고백하기 조금 부끄럽지만, 사실인 걸 어쩌겠는가. 우리는 나름 순수했고, 어린아이처럼 유치하게 놀면서도 깔깔대고 웃으며 바닥을 굴렀다.

아오오니 놀이에 서서히 질리기 시작할 때쯤 나는 게

임을 직접 플레이해야겠다고 마음먹었다. 아오오니의 얼굴만 봐도 가슴을 부여잡는 겁쟁이에겐 엄청난 결심이었다. 물론 혼자서 플레이할 수는 없었다. 나는 희생양이 되어줄 친구를 열심히 찾았고, 친구를 옆자리에 앉힌 채로 신나게 〈아오오니〉와 〈이브〉를 플레이했다. 다행히 게임을 플레이할수록 아오오니의 생김새에 면역이 생겼고, 〈이브〉 역시 후반부로 갈수록 공포 요소가 줄어들어 게임을 무사히 마칠 수 있었지만 공포로 심장이 뜨거워지는 경험을 피할 수는 없었다. 〈마녀의 집〉은 왜 안 했냐고? 뻔하지 않은가. 내가 하기엔 너무 무서웠으니까.

쯔꾸르 공포 게임은 우리가 조종하는 캐릭터의 전체 모습을 확인할 수 있는 3인칭 시점의 게임이라는 점에서 공포 게임치고는 공포의 정도가 약하다고 할 수 있다. 위에서 아래를 내려다보는 뷰로 우리가 조작하는 캐릭터를 머리부터 발끝까지 볼 수 있고, 그렇기 때문에 뒤에서 누군가 쫓아올 때 굳이 뒤돌지 않아도 그 모습을 확인할 수 있기 때문이다. 3인칭 호러 게임에서 우리는 의식적으로라도 캐릭터와 나 자신을 분리할 수 있다. 그렇기에 1인칭 시점의 게임에 비하면 상대적으로 몰입감이 덜하다. '진짜 공포'를 맛보기 위해선 본격적으로 1인칭 공포 게임을 향해 눈을 돌려야 한다는 말이다.

〈마녀의 집〉조차도 무서워서 플레이하지 못하는 내게 1인칭 공포 게임은 그림의 떡이었다. 기껏 사놓고 플레이한 지 오 분도 안 돼서 꺼버려야 했던 게임들에 대한 뼈아픈 기억이 아직도 생생하다. 그런 내게는 구세주 같은 게임 스트리머들이 등장했고, 나는 사놓고 묵혀두기만 했던 게임들을 대리 체험할 기회를 얻게 되었다. 나보다 더 호들갑을 떨며 기겁하는 스트리머들 덕분에 나는 안심하고 깔깔거리며 1인칭 공포 게임의 세계로 뛰어들 수 있었다. 지금도 나는 끊임없이 공포 게임을 플레이하는 그들에게 고마운 마음을 품고 있다.

1인칭 공포 게임의 가장 큰 공포 요소는 우리가 정말로 게임 속 주인공이 된 듯한 몰입감이다. 게임을 시작했을 때 우리가 볼 수 있는 건 주인공 앞에 펼쳐진 풍경뿐이다. 아래를 내려다보면 캐릭터의 팔과 다리만 보인다. 우리가 실제로 아래를 내려다보았을 때 보이는 것처럼. 1인칭 공포 게임에서는 뒤에서 누군가 쫓아와도 직접 돌아보지 않는 이상 알 수 없다. 만약 악마 같은 제작진들이 우리의 시야를 방해하기 위해 불이라도 끈다면, 손전등 하나에 의지해 어둠 속을 헤쳐 나가야 한다. 자연히 몰입감은 배가 된다. 정말 우리가 그 공간 안에 들어가 있는 듯한 착각을 불러일으키는 게 1인칭 공포 게임의 장점이자 단점이다. 단점이 되기도 하는 이유는 3인칭 공포 게임과는 다르게 난도가 확 올라가기 때문이다. 웬만한 강심장이 아니면 1인칭 공포 게임을 쉽게 플레이할 수 없다.

부지런한 스트리머들 덕분에 나는 서서히 1인칭 공포 게임의 세계에 익숙해져갔다. 그런 나를 비웃으며 나타나 진정한 공포의 세계를 보여준 게임이 하나 있는데, 바로 〈아웃라스트〉다.

〈아웃라스트〉는 2013년에 출시된 1인칭 공포 게임이다. 기자 '마일즈 업셔'는 어느 날 익명의 누군가로부터 어느 정신병원에 대해 고발하는 메일을 받고 취재하기 위해 홀로 정신병원을 찾아간다. 정문이 잠긴 탓에 그는 개구멍

〈아웃라스트〉의 플레이 화면 (ⓒRed Barrels)

을 지나고 건물 벽을 기어오른다. 마침내 그가 안에 들어가는 데 성공한 순간, 조명이 터지며 주위는 어둠 속에 잠기고, 마일즈는 '캠코더'를 꺼내 든다. 그리고 정신병원 안에서 벌어지고 있는 끔찍한 광경을 마주한다.

캠코더는 〈아웃라스트〉에서 공포를 극대화하는 요소 중 하나다. 우리는 마일즈가 되어 정신병원의 참상을 기록하기 위해 틈틈이 캠코더를 들어야 하는데, 그럴 때마다 시야는 캠코더로 보는 화면으로 변한다. 이 게임에서 캠코더가 무엇보다 중요한 이유는 손전등이 없기 때문이다. 어둠 속에서 마일즈는 캠코더를 야간 모드로 바꿔서 시야를 확보한다. 야간 모드로 보는 화면은 초록빛이 섞여 으스스하다. 거기에 캠코더 배터리는 한정되어 있어서 눈에 띌 때마다 배터리를 챙기고 갈아줘야 한다. 캠코더가 없으면 어둠 속에서 속수무책이 되어버리는 마일즈에게 배터리는 무엇보다도 소중한 존재다. 제작진들은 여기에 한술 더 떠 캠코더를 박살 내버리는 연출까지 선보인다. 마일즈가 떨어트렸던 캠코더를 간신히 다시 찾았을 때 렌즈가 박살 난 탓에 화면 모서리 부근에 금이 가 있는 식이다. 〈아웃라스트〉는 이런 식으로 캠코더를 이용해 보여줄 수 있는 모든 연출을 쏟아붓는다.

게임 중간중간 등장하는 적에게 대항할 수 없다는 것

역시 〈아웃라스트〉의 가장 큰 공포 요소 중 하나다. 무기를 이용해 어느 정도 적을 물리칠 수 있었던 〈바이오하자드〉나 〈데드 스페이스〉 시리즈와는 달리, 〈아웃라스트〉의 주인공에겐 무기도 뭣도 없다. 손에 든 것은 오로지 캠코더뿐이다. 적을 마주쳤을 때 할 수 있는 일도 필사적으로 도망가거나 적절한 공간을 찾아서 숨는 것에 지나지 않는다. 숨는 것 역시 얼마나 까다로운지 모른다. 마일즈는 캐비닛 안, 방 한구석, 혹은 침대 아래에 숨을 수 있지만 어느 정도 거리를 벌린 다음 숨는 경우가 아니라면 적은 치밀하게 모든 곳을 훑는다. 캐비닛 안에 숨어 숨을 고르고 있는데 적이 뒤따라 들어오더니 방에 있는 모든 캐비닛을 하나하나 열어본다고 생각해보자. 심한 경우에는 침대 아래까지 들여다보니, 어쩌다 여기에 들어오게 된 건지 마일즈의 인생도 정말 기구하다.

〈아웃라스트〉에는 끔찍하고 잔인한 고어 장면들도 여럿 등장한다. 그 광경을 두 눈으로 목격한 마일즈는 구토하기도 하고 괴로움에 신음을 흘리는 등 보통 사람이 보일 법한 당연한 반응을 보인다. 〈아웃라스트〉의 제작진들은 평범하기 그지없는 마일즈라는 캐릭터를 한계로 몰아붙이며 우리의 정신까지 갉아먹는다. 꽤 긴 플레이 시간 동안 적들은 정말 쉴 새 없이 등장해 마일즈를 쫓아오고, 때리고, 죽이려 한다. 후반부로 간다고 해서 공포 요소가 줄어드는 법은 없다. 오히려 더욱더 끔찍한 상황이 계속해서 등장할 뿐이다. '제발 나가게 해주세요!' 게임을 진행하다 보면 어느새 이렇게 외치고 있는 자신을 발견하게 될 것이다. 우리는 마일즈가 이 정신병원에서 탈출하기를 진심으로 간절히 바라게 된다.

적을 공격할 수 없고 마주쳤을 때는 도망가거나 숨어야 한다는 설정 자체는 〈아웃라스트〉 이전부터 있던 것이다. 하지만 〈아웃라스트〉는 장애물과 적을 끊임없이 등장시켜 마일즈를 한계까지 몰아붙이고 그의 무력함을 강조하는 게임이다. 그나마 다행이라고 할 수 있는 건 〈아웃라스트〉에 등장하는 적들은 일정한 동선을 가지고 움직이기 때문에, 그 동선만 파악한다면 어느 정도 따돌릴 수 있다는 점이다. 대부분의 게임이 이럴 테니까 익숙해지기만 하면 무섭지 않을 것 같다고? 그럴 리가. 앞서 말했듯이 공포 게임 제작자는 사악한 악마들이다. 그들은 언제나 우리를 더 겁에 질리게 할 방법을 찾으려 애쓴다. 학습하는 추격자 '에이리언'의 등장은 많은 공포 게임 마니아들을 절망에 빠트렸다. 그는 게임 〈에이리언 아이솔레이션*Alien: Isolation*〉의 메인 빌런이다.

〈에이리언 아이솔레이션〉은 영화 〈에이리언〉 시리즈

를 기반으로 만들어졌다. 영화 〈에이리언〉 시리즈의 주인공 '엘렌 리플리'의 딸 '아만다 리플리'가 주인공으로 등장한다. 아만다는 우주 정거장에서 에이리언과 아슬아슬한 추격전을 벌이며 목표를 수행한다. 〈아웃라스트〉의 마일즈가 적에게 대항하지 못했던 것처럼 아만다는 에이리언을 죽일 수 없다. 당연히 에이리언은 아만다를 마주치는 즉시 일격으로 그의 목숨을 앗아가지만, 그보다 더 중요한 건 메인 빌런으로 등장하는 에이리언이 '학습하는 추격자'라는 사실이다.

아만다가 에이리언으로부터 도망갈 수 있는 방법은 다양하다. 아만다는 책상 아래나 라커 안에 숨거나, 화염 방사기를 이용해 일시적으로 에이리언을 무력화할 수 있다. 중요한 건 우리의 선택에 따라 에이리언 역시 진화한다는 점이다. 에이리언은 동선에 따라 일정한 구역만 왔다 갔다 하는 기존의 추격자들과는 다르다. 그는 우리의 경로를 예상하고 뒤쫓아오며, 우리가 자주 사용하는 방식을 파악해 대응하기도 한다. 만약 화염 방사기를 자주 사용한다면, 어느 순간 예상이라도 했다는 듯 화염 방사기를 피해 달려오는 에이리언을 만나게 될 것이다. 상상만 해도 소름 돋는 일이 아닐 수 없다.

공포 게임은 계속 진화하고 발전한다. 단순히 추격하고 도망가는 방식을 벗어난 새로운 공포 게임들 역시 꾸준히 쏟아지며 진입 장벽을 낮추고 있다. 〈러스티 레이크〉 시리즈는 방탈출 형식에 기괴하고 공포스런 연출을 녹여 낸 게임으로, 탄탄한 스토리로 두터운 마니아층을 보유하고 있다. 어쩌다 보니 초등학생들에게 인기를 얻어 길거리 가판대를 점령하게 된 공포 게임도 있는데, 바로 〈파피 플레이 타임〉이다.

〈파피 플레이 타임〉은 한때 엄청난 전성기를 누렸던 장난감 회사의 직원이었던 주인공이 수상한 편지를 받고 회사로 돌아가면서 생기는 이야기를 다루고 있다. 독특한 퍼즐과 '허기워기'라는 괴물의 엄청난 추격 장면 덕분에 순식간에 굉장한 인기를 얻은 게임이다. 복잡한 스토리를 이해하기 위한 떡밥도 적절히 배치해둔 편이라서, 유튜브를 비롯한 인터넷 커뮤니티에는 이 게임의 스토리를 해석하는 영상과 게시글이 무수하게 많다. 무시무시한 움직임으로 환풍구를 타고 주인공을 쫓아오던 괴물 허기워기는 어쩐 일인지 아이들의 사랑을 듬뿍 받아 깜찍한 인형이 되었다. 아마 여러분도 길거리에서 한 번쯤은 본 적 있을 것이다. 파란 털에 뾰족한 이빨, 긴 팔다리를 가진 허기워기를. 참고로 허기워기 인형은 우리 집에도 걸려 있는데, 한밤중에 마주치면 나도 모르게 흠칫할 때가 있긴 하지만 평소에는 정말 귀엽다.

공포 게임이라는 세상을 처음 만난 뒤로 아주 많은 시간이 흐른 지금도 나는 여전히 다양한 방식으로 공포 게임을 즐기고 있다. 잠들기 전, 침대에 누워 이불에 파묻힌 채 유튜브로 공포 게임 플레이를 감상하는 것은 나의 오래된 취미다. 감상 타임은 삼십 분으로 끝날 때도 있지만 길어지면 두 시간, 세 시간으로 늘어나기도 한다. 한 치 앞을 모르고 밤을 즐기는 나를 허기워기 인형이 가만히 바라본다. 나에게는 그 무엇과도 바꿀 수 없는 보물 같은 시간이다.

공포 게임은 영상 매체와 책이 선사할 수 없는 새로운 몰입감을 우리에게 제공한다. 그뿐만 아니라 결코 쉬지 않고 매번 새로운 방식과 연출을 선보이며 우리를 겁에 질리게 하기 위해 부단히 애쓰고 있다. 원초적 공포를 제공하는 게임부터 분위기와 긴장감으로 서서히 우리를 압도하는 게임까지, 공포 게임의 세계는 무궁무진하다. 그러니 새로운 공포가 필요하다면 주저하지 말고 공포 게임의 세계로 뛰어드는 게 어떨까? 공포 게임은 언제나 그 자리에서 자신을 플레이해줄 누군가를 기다리고 있다.

10. 사실은 사람이 제일 무서워

태초에 '빨간 마스크'가 있었다.

　붉은색 마스크를 쓴 그는 어린아이에게 다가와 묻는다. "내가 예쁘니?" 예쁘다고 대답하면 마스크를 내리는데, 귀 아래까지 찢어진 입이 보인다. 예쁘다고 했으니 나랑 똑같이 만들어주겠다며 아이의 입을 찢어버린다는 게 '빨간 마스크' 괴담의 내용이다. 이 괴담이 한국을 강타했을 때 나는 초등학생이었는데, 그 파급력은 정말 어마어마했다. 우리는 삼삼오오 모여서 빨간 마스크가 말을 걸었을 때 살아남을 수 있는 방법을 강구했고, 뭔가 이상하다는 걸 알면서도 빨간 마스크를 막기 위해 손바닥에 개 견(犬)자를 그렸다. 빨간 마스크는 몇 층 이상에 사는 아이는 건드리지 않는다는 소문이 있었다. 어떤 친구는 그보다 아래층에 산다는 이유로 겁에 질려 울음을 터트렸다. 나는 그

런 친구를 안타까운 눈으로 바라보면서 우리 집이 고층이
라는 사실에 감사하곤 했다.

나는 빨간 마스크 이야기가 말도 안 된다고 생각하면
서도 친구를 따라 울고 싶었고 집에 갈 때는 나도 모르게
주위를 둘러보았다. 바다 건너 일본에서 흘러 들어온 괴담
은 그렇게 모든 아이를 공포에 떨게 했으며 우리의 귀가
시간을 앞당겼다. 어른인 척, 모든 걸 다 아는 척 굴었지만
우리는 아이에 불과했다. 괴담은 그렇게 '괴상하고 무서운
이야기'의 차원을 뛰어넘어 우리의 일상에 영향을 끼쳤다.

빨간 마스크가 특별히 더 무서웠던 이유는 그가 귀신
도 괴물도 아닌 '사람'이기 때문이다. 귀신이나 괴물에 대
한 이야기는 코웃음 치며 넘기는 허세를 부릴 수 있었지
만, 빨간 마스크는 그런 우리에게 처음으로 나타난 무시무
시한 사람이었다. 빨간색 마스크를 썼다는 독특한 특징을
제외하면 흔히 볼 수 있는 여자. 언제 어디서나 우리 앞에
실제로 나타날 수 있는 사람. 나는 한동안 잔뜩 긴장한 채
로 등하교를 했고, 무사히 귀가한 뒤에는 집에 얌전히 틀
어박혀 오늘도 빨간 마스크를 만나지 않았다는 사실에 감
사하는 기도를 올렸다. 사람에 대한 괴담이 지닌 무게감은
귀신과 괴물이 주는 무게감과는 차원이 달랐다. 사람에 대
한 괴담은 현실보다 더 '그럴듯했고', 언제든 일어날 수 있

을 것처럼 들렸다. 아무리 허무맹랑한 괴담이라고 해도.

　그즈음에는 빨간 마스크 외에도 우리의 간담을 서늘하게 했던 괴담들이 있었는데, 바로 인신매매에 관련된 것들이었다. 어두운 밤 골목길을 걸어갈 때 조용히 뒤따라왔다는 커다란 봉고차, 짐을 들어달라는 할머니의 부탁을 들어주었다가 납치당할 뻔한 일, 뜬금없이 음료를 건네는 택시 기사를 조심하고 절대 음료를 마시지 말라는 당부. 괴담 속에서 납치된 사람들은 흔적도 남기지 않고 영원히 사라지거나 장기를 빼앗긴 채로 버려졌다. 실제로 인신매매를 할 때 이런 수법을 사용하는지는 모르겠다. 중요한 건이 모든 괴담이 너무도 그럴듯했고, 인신매매는 상상 속에서만 이루어지는 범죄가 아니었다는 것이다.

　각종 인신매매 괴담을 달달 외울 정도로 듣고 또 듣다 보니 나는 자연스럽게 지나가는 모두를 의심하는 초등학생이 되었다. 저 사람 혹시? 어쩌면 저 사람이? 이유도 모르고 따가운 눈총을 견뎌야 했던 분들에게 늦었지만 사과 말씀을 드린다. 하지만 지금 생각해도 어쩔 수 없다. '옆 학교 아무개가 겪었다더라' '내 친구가 봤다더라' '사돈의 팔촌이 들었다더라'로 시작하는 모든 괴담은 우리에게 그 무엇보다도 큰 가르침을 주었으니까. 세상에서 제일 무서운 건 귀신도 괴물도 아닌 사람이라고.

사람이 얼마나 무서운 존재인지 말하는 괴담은 많고 많았다. 인신매매 괴담과 함께 유행처럼 번져 나갔던 또 다른 괴담은 그 당시 모두의 입에 오르내리던 어떤 살인마에 대한 괴담이었다. 괴담은 그 종류도 많고 배경도 다양했다.

1. 대학생 두 명이 기숙사에서 한방을 쓰고 있었는데, 어느 날 한 명이 시험 준비를 위해 도서관에서 밤을 새우게 되었다. 그는 늦게까지 도서관에서 공부하다가 놓고 온 물건이 생각나 급하게 기숙사로 향했다. 기숙사 방에 도착해 문을 열자 친구는 이미 자고 있는지 방 안은 불이 꺼진 채로 캄캄했다. 친구의 잠을 깨우고 싶지 않았기에 그는 불을 켜지 않고 물건만 조용히 찾아서 방을 나갔다. 다음 날, 시험을 마치고 기숙사로 돌아온 그는 자신의 방에서 수사 중인 경찰들을 보게 된다. 지난밤 친구가 괴한에게 죽임을 당한 것이다. 충격에 빠져 있던 그는 거울에 립스틱으로 쓰인 글귀를 발견한다. '불 켰으면 너도 죽었어.'

2. 야자를 마치고 돌아온 고등학생이 집으로 가기 위해 아파트 엘리베이터를 기다리고 있었다. 그는 늦은 밤 혼자 엘리베이터를 타는 게 무서웠던 참에 마침 어떤 아저씨가 다

가오는 걸 보고 안심했다. 인상 좋은 아저씨는 그에게 이름이 뭔지, 몇 층에 사는지 등등을 물었고, 학생이 사는 층을 듣고 자신은 그 아래층에 산다고 말하며 버튼을 눌렀다. 엘리베이터는 아저씨가 산다는 층에 도착했고, 아저씨는 엘리베이터에서 내렸다. 엘리베이터 문이 닫히는 순간, 아저씨는 학생의 눈앞에서 칼을 꺼내 들었다. 그리고 계단을 뛰어 올라가기 시작했다. 학생이 사는 한 층 위를 향해.

3. 어느 아파트에 한 신혼부부가 살고 있었다. 하루는 출근하던 남편이 아내에게 오늘 꿈자리가 안 좋으니 아무에게도 문을 열어주지 말고 조심하라고 당부했다. 아내는 그 말을 듣고 집에 틀어박혀 남편을 기다렸다. 밤이 되자 누군가 문을 두드리는 소리와 함께 인터폰이 울렸다. 아내가 인터폰을 확인하자 남편이 하얗게 질린 얼굴로 서 있었는데, 아내가 아무리 말을 걸어도 그는 대답하지 않고 문만 세차게 두드렸다. 아내는 두려워져 문을 열어주지 않았고, 그만 깜빡 잠이 들고 말았다. 다음 날 문을 열었을 때, 아내는 토막 난 남편의 시체를 발견했다. 살인마가 남편을 토막 낸 다음 머리를 들어 인터폰에 가져다 대고 남편인 척 문을 두드린 것이었다.

앞의 괴담들은 당연히 실제 살인마에 대한 이야기가 아니다. 오랫동안 입에서 입으로 전해진 허구일 뿐이다. 검색해보니 1번 괴담은 오래전 미국에서 유행했던 것이라고 한다. 오싹한 살인 괴담으로 소비되던 이야기들이 마침 적절한 인물을 만나 수면 위로 다시 떠올랐던 것이다. 수많은 사람을 살해한 잔혹한 연쇄살인마의 등장에 사람들이 얼마나 두려움에 떨었는지 알 수 있는 대목이다.

무(無)의 상태에서 갑자기 태어나는 괴담은 없다. 모든 괴담은 현실을 기반으로 창조되거나 재조립되며, 그 당시에 무엇이 화두에 올랐고 사람들이 어떤 생각과 감정을 품었는지를 명백하게 보여준다. 살인마는 정말로 있었고, 피해자 역시 존재했으며, 사람들은 겁을 먹었다. 귀신이나 괴물에 관한 괴담 따위는 당시의 우리에게 명함도 내밀지 못했다. 그보다 더 현실적이고 이성적인 위협이 우리의 두 눈을 가리고 있었으므로.

세상에서 가장 무서운 건 귀신도 괴물도 아닌 사람이다. 나에게는 사람의 무서움을 뼈저리게 깨닫게 된 사건이 하나 있다. 단편적인 기억만 드문드문 남아 있을 정도로 오래전, 아무것도 모르는 해맑은 어린아이였을 때의 일이다.

초등학교 저학년이었던 나는 어느 날 친구가 세상을 떠났다는 소식을 들었다. 죽는다는 게 정확히 무엇인지 제대로 알지 못할 정도로 어릴 때였다. 그렇게 태어나서 처음으로 장례식장에 가게 되었다. 나는 당연히 장례식장에 간다는 게 어떤 의미인지도 몰랐고, 가기 직전까지도 까불며 장난을 치다가 엄마한테 혼이 났다. 장례식장 입구에 도착하자 희미하게 사람들의 울음소리가 들렸다. 생전 처음 듣는 낯선 소리였는데, 두려움에 절로 몸이 뻣뻣하게 굳었다. 사방에서 들려오는 통곡 소리에 전염되어 눈물이 차오를 때쯤 친구의 영정 사진을 마주했다. 나는 다른 사람들처럼 서럽게 눈물을 쏟아냈지만 실감이 나지 않았다. 친구의 죽음을 현실적으로 이해하고 받아들이기까지는 굉장히 오랜 시간이 걸렸다.

친구는 사람 때문에 죽었다. 작은 동네가 발칵 뒤집힐 정도로 큰 범죄 사건이었다. 주민들은 모두 쉬쉬하면서도 틈만 나면 목소리를 죽이고 그 사건에 대해 소곤거렸다. 나는 뉴스에서나 볼 법한 사건이 우리 동네에서, 그것도 내 친구에게 벌어졌다는 게 너무나 두려웠다. 하지만 나를 더 두렵게 했던 건 사건 이후로 친구들 사이에 퍼지기 시작한 소문들이었다. 우리는 너무 어렸고 철이 없었고 죽음이 뭔지도 몰랐다. 그렇다고 해서 우리의 잘못이 아니라는 건 결코 아니다. 어린아이들의 순수함은 종종 천진한 악의를 품고 번져 나갈 때가 있다.

그 소문들은 사실 괴담에 가까운 것들이었다. 사건 현장 근처에 가면 어떤 일이 벌어진다거나, 목소리가 들린다거나, 누군가 보인다거나 하는 종류의 괴담들. 우리는 가벼운 마음으로 그런 이야기들을 떠들어댔고 으스스하다며 두려움에 몸을 떨었다. 호기심을 품고 사건 현장 근처를 찾아가는 아이들도 있었던 걸로 기억한다. 나는 절대로 그들을 따라가지 않았지만 꼬리에 꼬리를 물고 퍼져 나가는 괴담 앞에서는 아무 말 하지 못하고 묵묵히 침묵을 지켰다. 사건 현장 근처를 지나갈 때면 걸음이 느려졌다가 빨라지길 반복했다. 거짓이란 걸 알면서도, 친구의 죽음은 장례식장에서 모두 정리되었다는 걸 알면서도 어린 마음에 두려움을 느꼈던 걸지도 모른다. 허공을 떠돌아다니는 소문들이 진짜일까 봐, 정말로 어디선가 그 애의 목소리가 다시 들려올까 봐.

나이를 먹고 어른이 된 지금에서야 나는 내가 무슨 짓을 저질렀는지 깨닫는다. 방관이 얼마나 큰 죄인지도, 사람이 얼마나 무서운지도. 내가 무서워해야 했던 건 사건에 관한 괴담 같은 게 아니었다. 사건을 일으킨 사람과 괴담을 만들고 소문을 퍼트린 사람들, 그리고 나. 내가 진짜 두려워해야 했던 건 그 외의 다른 무엇도 아니었다. 잘 모른다는 핑계로 침묵을 지켰던 과거의 나를, 나는 지금이 되어서야 마음껏 미워하고 질책하고 있다. 어리다는 이유로 항상 용서받을 수 있는 게 아니라는 걸 안다. 그렇기에 그 일에 대해서는 내가 이 세상에 존재하지 않게 되는 순간까지 용서를 구할 생각이다.

공포 게시판에 상주하다 보면 실제 사건에 관한 글을 자주 만날 수 있다. 지나치게 끔찍하거나 엽기적인 범죄들은 종종 사람들의 호기심을 자극하기 때문이다. 일가족을 잔인하게 살해하고 사라져버린 누군가에 대한 이야기, 멀지 않은 곳에서 벌어진 미스터리한 사건, 결국은 미제로 남은 사건의 진실을 파헤치기 위해 고군분투하는 사람들의 이야기를 읽으며 나는 공포를 느끼는 동시에 나에게 이런 일이 벌어지지 않기를 간절히 빈다. 나는 그 이야기들을 한밤중의 공포를 잠깐 책임지는, 오 분 뒤면 잊힐 가십거리처럼 대한다. 피해자가 명백히 존재하는 글을 읽으면서 그런 생각을 할 수 있다는 사실에 나는 스스로를 향한 혐오감을 느낀다. 그리고 또 고민한다. 강력 범죄와 연쇄 살인을 수면 아래로 감추고 무작정 쉬쉬하는 것이 옳을까, 잠깐의 유희 거리처럼 자극적인 문구와 사진들을 잔뜩 내세운 형태의 콘텐츠를 통해서라도 접하고 기억하는 게 맞을까. 그 어느 쪽도 답이 될 수 없기에 중도를 찾아야 한다는 걸 알지만, 그 일이 때로는 너무 어렵기도 하다. 그래도 한 가지는 분명한 것 같다. 모든 흥미롭고 자극적이고 복잡한 사건 뒤에는 피해자가 존재한다는 것. 우리가 어떤 포지션을 취하든 피해자의 존재만큼은 결코 잊어선 안 된다는 것.

이상적이라는 건 알지만, 나는 그 모든 범죄와 사건이 그저 괴담으로 남을 수 있는 세상이 오길 바란다. 사람이 사람을 죽이지 않는 세상에서, 피해자가 존재하지 않는 세상에서 모두가 안전한 가운데 괴담을 읽으며 소름이 돋는 감각을 즐기고 싶다. 늦은 밤에 아무 걱정 없이 거리를 거닐고, 뒤따라오는 사람을 의식하지 않으며 걷고, 편한 마음으로 엘리베이터를 타고 싶다. 뉴스에서 끔찍한 범죄 소식이 흘러나올 때마다 나와 내가 사랑하는 사람들이 안전하기를 기도하지 않아도 되는 세상이 왔으면 좋겠다. 괴담을 읽으며 편안한 마음으로 두려워하고 겁먹을 수 있었으면 좋겠다. 괴담 속 일들이 현실에서는 절대 일어나지 않을 거라는 확신을 가진 채로 덜덜 떨 수 있었으면 좋겠다.

나는 그 어떤 귀신과 괴물보다도 사람이 더 무섭다는 것을 안다. 알지만 여전히 바란다. 사람을 무서워하지 않아도 되는 세상이 오기를. 우리의 현실에 진짜 공포가 찾아오는 일 같은 건 영원히 없기를. 이 글을 읽고 있는 모든 분께 오랫동안 평온한 밤이 찾아가기를.

11. 우주, 광활한 공포의 세계

〈스타워즈〉와 더불어 큰 사랑을 받고 있는 〈스타트렉〉 시리즈는 우주선 엔터프라이즈호의 선장인 '캡틴 커크'와 그의 선원들이 겪는 모험담을 다룬다. 이 시리즈에는 유명한 캐치프레이즈가 있는데, 바로 금발 미남 캡틴 커크가 그들의 임무를 설명하는 내레이션이다.

우주, 최후의 개척지. 이것은 우주선 엔터프라이즈호의 항해 이야기다. 오 년간 우리의 임무는 새로운 세상을 탐험하고, 새로운 생명과 문명을 찾아내고, 누구도 가보지 않았던 곳으로 대담하게 나아가는 것이다(Space, the final frontier. These are the voyages of the starship Enterprise. Its five-year mission, to explore strange new worlds, to seek out new life and new civilizations, to boldly go where no man has gone before).

〈스타트렉〉TV 시리즈와 영화에서 끊임없이 반복되는 이 캐치프레이즈에는 우주를 향한 제작진들의 시선과 가치관이 담겨 있는 것 같다. 그들은 우주를 최후의 개척지로, 탐험하고 연구해야 하는 영역으로 보았다. 그들에게 우주는 새로운 문명과 낯선 삶으로 가득한, 희망을 품고 있는 땅이었다. 최후의 순간에 담대하게 나아가야 하는 마지막 개척지였다.

나는 〈스타트렉〉 시리즈를 즐겨 보는 팬이었고 캡틴 커크를 비롯한 모든 선원을 사랑했다. 우주 곳곳을 누비며 각종 역경을 헤쳐 나가는 모험담을 지켜보다 보면 그들과 사랑에 빠지지 않을 수 없었다. 그럼에도 불구하고 내가 받아들일 수 없는 게 딱 하나 있었다면 캡틴 커크의 내레이션이었다. 담담하지만 확신에 찬 어조로 그는 우주를 최후의 개척지라고 부른다. 나는 언제나 그 대목에서 고개를 갸웃거리곤 했다.

나에게 우주는 최후의 개척지가 아니다. 탐험할 만한 곳도, 새로운 생명과 문명이 사는 곳도 아니다. 누구도 가보지 않았던 곳에 정말로 희망이 잠들어 있을까? 글쎄, 잘 모르겠다. 나는 우리가 우주에서 희망 대신 끝없는 절망을 발견하게 될까 봐 두려웠다. 캡틴 커크가 금빛 머리카락과 푸른 눈으로 아무리 유혹해도 내 마음을 돌리지는 못할 터였다. 만약 내가 엔터프라이즈호의 선장으로서 선원들에게 우리의 임무를 설명해야 했다면, 아마 이렇게 이야기하지 않았을까.

우주, 미지의 땅. 오 년간 우리의 임무는 새로운 세상을 조심스럽게 탐험하고, 새로운 공포와 두려움을 찾아내고, 누구도 가보지 않았던 곳에서 무슨 일이 있어도 살아남는 것이다.

듣기만 해도 선원들의 사기가 뚝 떨어질 것 같지만 나는 차마 거짓말을 할 수 없다. 우주는 나에게 있어서 꿈과 희망의 영역이 아니라 공포와 불안의 영역이기 때문이다.

물론 지금까지의 이야기는 모두 가벼운 농담이다. 나는 캡틴 커크를 사랑하고, 각양각색으로 이루어진 그의 선원들도 사랑하며, 우주를 향한 그들의 낙관적인 시선 역시 사랑한다. 나는 벌칸족의 손 인사를 삼 초 안에 해낼 수 있으며, 〈스타트렉〉의 캐치프레이즈가 지닌 의미를 깎아내릴 생각은 조금도, 정말 조금도 없다. 하지만 캡틴 커크의 푸른 눈에 홀려 '그래, 우주도 생각보다 나쁘지 않을지도…' 하고 중얼거리다가도 깜짝 놀라 현실로 돌아오게 되는 것 역시 어쩔 수 없는 것 같다. 나는 우주가 무섭다. 그리고 나와 비슷한 생각을 가지고 우주에 대한 공포를 표현하려고 애쓴 창작자들은 수없이 많다.

크툴루 신화를 창조한 러브크래프트는 1927년 「우주에서 온 색채」라는 작품을 발표한다. 제목만 들으면 대단히 아름답고 다채로운 색의 향연이 펼쳐질 것 같지만 실상은 그렇지 않다.

소설은 '나훔 가드너'라는 농부의 땅에 운석이 떨어진 뒤 그의 가족과 이웃들이 겪는 일을 다루고 있다. 나훔 가드너는 가족과 함께 비옥한 밭과 과수원 사이에서 살고 있었다. 운석이 떨어지자 대학에서 온 교수들이 그것을 채취해 분석했고, 분광 분석에서 일반적인 스펙트럼과는 전혀 다른 색이 검출되었음을 발견한다. 조사 끝에 그들은 운석에 구체 모양 물질이 박혀 있는 것을 알아내고 그 색에 주목했는데, 스펙트럼에서 발견한 색과 유사했지만 정확히 어떤 색이라고 말하기는 어려웠다. 채취 과정에서 구체는 폭발하고, 뇌우가 몰아친 밤 번개를 맞은 운석 역시 사라지고 만다. 하지만 정체불명의 색채는 여전히 남아 나훔과 그의 가족들을 갉아먹기 시작한다.

무언가 달라지고 있음을 나타내는 첫 번째 신호는 과

일이었다. 나훔이 재배하던 과일들은 쓰고 역겨운 맛을 뿜어냈다. 이후로는 기이한 식물들이 나훔의 농작지에서 자라기 시작했다. 식물들은 운석에서 채취한 구체처럼 쉽게 정의 내릴 수 없는 기묘한 색채를 띠었다. 나훔의 집을 둘러싼 땅과 식물들은 잿빛으로 변해가고, 가족들 역시 서서히 미쳐간다.

「우주에서 온 색채」는 운석이 어디에서 왔는지, 정확히 무엇인지, 왜 떨어졌는지, 설명할 수 없는 색채란 도대체 무엇인지 등 그 어떤 질문에 대해서도 답을 알려주지 않는다. 거대하고 장엄한 우주가 떨어트린 시련에 인간들은 속수무책으로 휩쓸린다. 인간이란 존재는 하찮고 나약해서 분명한 이유를 찾기 위해 애쓸 테지만, 굳이 이유를 찾는다면 그저 운석이 우연히 떨어졌기 때문이다. 하필이면 사람이 사는 곳에, 하필이면 나훔의 집 근처에. 나훔에게 죄가 있다면 불운한 죄일 것이다. 불운한 죄로 운석은 나훔의 집 옆에 살포시 내려앉았고, 나훔의 가족들은 비참한 최후를 맞이한다.

「우주에서 온 색채」는 저 멀리 광활한 우주 어딘가를 배경으로 하지 않는다. 배경이 된 나훔의 집은 평범한 밭 근처에 자리 잡고 있으며, 나훔과 그의 가족들 역시 무난하기 그지없는 사람들이다. 주변에서 쉽게 볼 수 있는 평범한 곳과 평범한 사람들. 「우주에서 온 색채」는 굳이 우주로 나아가지 않고도 우주를 향한 두려움을 다채롭게 풀어낸다. 이야기가 발표된 시기를 생각하면 우주를 배경으로 삼지 않은 것이 당연할지도 모르겠다. 하지만 우주를 배경으로 삼을 수 있었다고 해도 작가는 지구를 배경으로 선택했을 것이다. 미지의 공간인 우주를 향한 공포를 풀어내기에 지구만큼 적합한 곳은 없다.

러브크래프트는 '가장 오래되고 강력한 인간의 감정은 공포이며, 그중에서도 가장 오래되고 강력한 것이 바로 미지에 대한 공포'라고 했다. 우주가 왜 공포의 대상인지 이토록 잘 설명할 수 있는 문장은 없을 것이다. 우주를 알지 못했기에 우주는 공포 그 자체였다. 그 때문에 우리는 우주를 알고자 노력했다. 기억나지도 않는 시절부터 우리에게 내재된 두려움으로부터 벗어나기 위해서. 시간이 흐르며 인류는 인공위성을 쏘아 올렸고, 또 달에 착륙했다. 하지만 그렇다고 해서 우주라는 공간이 선사하는 근본적인 공포를 완전히 제거할 수 있는 건 아니었을 것이다. 우주를 탐험하면 할수록 거대한 은하계에서 우리가 얼마나 하찮은 존재인지 깨닫게 되었을 테니 말이다. 우주에 대한 지식이 오히려 인류의 두려움을 더더욱 공고히 했을지도 모르겠다.

1979년, 우리 기억 속에 영원히 남을 불멸의 명작이 탄생했다. 바로 〈에이리언〉이다. 후대의 수많은 콘텐츠에 지대한 영향을 끼친 이 작품은 다음과 같은 무시무시한 문장을 홍보 문구로 내세웠다. "우주에서는 아무도 당신의 비명을 듣지 못한다(In space no one can hear you scream)." 〈에이리언〉은 미지의 존재와 맞닥뜨렸을 때 느낄 수 있는 공포를 세밀하고 탁월하게 그려냈고, 유일무이한 우리의 전사 '리플리'를 탄생시켰다.

작중 배경이 되는 우주선 '노스트로모'는 외계 행성에서 채굴한 우주 광물을 지구로 운송하는 업무를 수행하고 있었다. 모든 승무원이 동면 상태에 빠져 있던 어느 날, 우주선을 통제하는 인공지능 컴퓨터가 우주 어디선가에서 규칙적인 신호가 발신되고 있음을 포착하고 방향을 돌리고는 승무원들을 깨운다. 깨어난 승무원들은 신호를 따라 개척되지 않은 어느 위성에 도착한다. 신호를 따라 걷던 승무원들은 그곳에서 거대한 외계 우주선을 발견하고, 우주선 내부에 죽어 있는 외계 생명체의 화석을 찾아낸다.

조사 중 승무원 한 명이 정체불명의 생명체로부터 공격받는다. 동료들은 정신을 잃은 그를 끌고 노스트로모로 돌아온다. 생명체는 마치 거대한 마스크처럼 유연하게 늘어나 승무원의 얼굴을 덮고 있다. 동료들은 생명체를 떼어

내기 위해 갖은 시도를 하지만, 생명체의 다리를 절단하자 흐르는 건 강한 산성을 지닌 혈액이다. 혈액은 순식간에 우주선 바닥을 녹여버렸고 결국 동료들은 모든 시도를 중단한다. 다행히 생명체는 사라지고, 의식을 잃었던 승무원은 깨어나 예전 모습으로 돌아온다. 그리고….

나는 〈에이리언〉을 볼 때마다 후회한다. '조금 더 일찍 태어나 1979년에 20대 중반 정도의 나이로 〈에이리언〉을 봤어야 하는데!' 하고 말이다. 지금 봐도 충격적이고 공포스런 이 영화를 그 당시에 봤다면 어떤 감정을 느꼈을지 감히 상상도 할 수 없다. 얼마나 새로웠을까, 또 얼마나 무서웠을까. 가끔은 그때의 관객들이 부러워진다. 새로운 세상이 열리는 감각은 언제 느껴도 변함없이 짜릿할 테니 말이다.

'에이리언'은 비싼 몸이다. 그는 아무 때나 쉽게 쉽게 나타나지 않는다. 괜히 뒤통수가 따갑고 뒷덜미에 소름이 돋으며 식은땀이 흐르는 순간에, 무엇이 등장해도 이상하지 않을 법한 찜찜한 순간에, 이쯤 되면 그냥 나와라 싶어지는 순간에 기가 막힌 타이밍으로 튀어나온다. 그는 관중을 압도하고 마음대로 주무를 수 있는 존재다. 상당한 비주얼과 카리스마, 공격성까지 겸비했으니 나도 모르게 자꾸만 그를 찾게 되는 것도 무리는 아니다. 오래된 명작들

특유의 질척질척한 질감 역시 에이리언의 빛나는 비주얼을 완성하는 데 큰 몫을 한다.

하지만 〈에이리언〉의 가장 극악무도한 점은 에이리언이 상식과 대화가 통하지 않는 크리처라는 점도, 그가 우주 어딘가에서 온 정체불명의 외계인이라는 점도 아니다. 바다도 산도 남극도 아닌 우주를 배경으로 하고 있다는 점에서 〈에이리언〉의 공포는 비로소 완성된다.

우주에 떠 있는 모든 우주선, 정거장, 기지 들은 세상에서 가장 완벽한 밀실이다. 노스트로모라는 밀실 안에 갇힌 승무원들에게는 세 가지 선택지뿐이다. 노스트로모 안에서 에이리언에게 잡혀 죽는다. 노스트로모 밖으로 나가 메말라 죽는다. 마지막으로, 에이리언에게 맞서 싸워 살아남는다. 노스트로모의 승무원들은 마지막 선택지를 골랐다. 그들은 각자의 방식으로 에이리언에게 맞선다. 그중에는 떠올리기만 해도 속이 절로 든든해지는 우리의 전사이자 영웅, 리플리도 있다.

세상의 모든 괴물을 사랑하겠노라고 당당하게 선언했지만, 부끄럽게도 나는 〈에이리언〉을 보고 극심한 공포에 시달렸다. 오래된 영화니까 괜찮을 거라고 대수롭지 않게 생각했던 게 큰 실수라면 실수였다. 붉은 선혈이 사방에 퍼지고 끔찍한 탄생이 벌어지는 장면을 본 후에는 속이

조금 울렁거리기도 했다. 영화가 끝난 뒤 생각했다. '아, 한동안 입맛이 없겠다.'

물론 야속하게도 입맛이 사라지는 일은 없었다. 나는 영화를 끄자마자 콧노래를 부르며 밥을 데웠다. 그날 반찬 중에는 멸치볶음이 있었는데, 멸치의 머리 부분이 에이리언을 닮았다는 생각이 잠깐 머릿속을 스치고 지나가긴 했지만 괜찮았다. 나는 멸치를 씹으며 행복하게 밥 한 그릇을 싹싹 비웠다. 비명을 지르는 누군가의 얼굴 위로 핏방울이 쏟아지던 장면을 생각하면서. 지금도 나는 가끔 그때의 멸치들을 떠올린다. 작은 에이리언들이 바글바글 모여 있는 것 같았던 반찬통을 떠올리며 고개를 흔든다.

물론 여러분은 이렇게 이야기할 수 있다. 우주에 그런 외계 생명체는 없다고. 설사 있다 하더라도 인간에게 적대적이지 않을 거라고. 또 그런 생명체를 만나더라도 우주선 안으로 데려오지 않으면 그만 아니냐고. 수많은 영화 속 캐릭터들이 그랬듯, 넋이 나간 얼굴로 정체불명의 생명체를 꾹꾹 눌러대다가 우주선 안으로 가지고 오는 멍청한 실수를 저지르지 않으면 될 일이라고. 우주는 안전하다고. 너무 부정적으로만 생각하지 말라고.

인간을 잡아먹는 외계 생명체가 없더라도 우주는 충분히 위험하다는 걸 보여주는 영화가 하나 있다. 1997년에 개봉한 〈이벤트 호라이즌〉이다. 영화는 2047년을 배경으로 칠 년 전 해왕성 근처에서 사라진 탐사선 '이벤트 호라이즌'을 찾기 위해 떠난 우주선 '루이스 앤 클락'에 대한 이야기를 그린다. 루이스 앤 클락에는 승무원들뿐만 아니라 '위어 박사'라는 인물이 타고 있는데, 그는 이벤트 호라이즌에는 자신이 만든 중력 구동기가 있었으며 그 구동기를 통해 인공 블랙홀을 만들어 차원 이동을 할 수 있었다고 설명한다. 그런데 프록시마 센타우리 항성계로 가는 차원의 문을 열었던 이벤트 호라이즌이 칠 년간 홀연히 사라졌다가 갑자기 다시 나타난 것이다. 선원들과 박사는 이벤트 호라이즌에서 포착한 음성 신호를 듣는다. 끔찍한 비명과 온갖 잡음들이 섞여 울리는 와중에 라틴어로 '구해달라'고 속삭이는 목소리가 들린다.

이벤트 호라이즌 안으로 들어간 선원들은 잘린 손과 시체가 허공을 떠다니는 광경을 발견한다. 벽과 천장에는 사람의 피와 내장으로 보이는 것들이 잔뜩 엉겨 붙어 있다. 이벤트 호라이즌의 선장이 남긴 항해 일지 영상이 발견되지만 그들이 영상 속에서 마주한 것은 상상도 하지 못할 정도로 끔찍한 모습이었다. 이벤트 호라이즌을 조사하면서 승무원들은 하나둘 환영을 보기 시작하고, 미쳐간다.

이벤트 호라이즌의 비극은 먼 거리를 더 빠르고 쉽

게 이동하고자 했던 인간의 욕심으로부터 비롯되었다. 우주선 안에 설치된 중력 구동기는 뾰족뾰족한 철심들이 잔뜩 박혀 있어 딱 보기에도 굉장히 무시무시한 비주얼을 자랑한다. 중력 구동기는 빙글빙글 돌아가며 사건의 지평선 [event horizon]을 만들어낸다.

이벤트 호라이즌이 차원의 문을 통해 도달한 곳은 지옥이다. 하지만 영화는 지옥이 정확히 어떤 곳인지, 어떤 모습을 하고 있는지, 이벤트 호라이즌의 승무원들이 거기서 무슨 일을 겪었는지 명확하고 합리적인 설명을 해주지 않는다. 그저 우주선을 뒤덮은 지독한 악의와 그 악의로 인해 미쳐가는 승무원들을 보여줄 뿐이다. 이벤트 호라이즌은 승무원 개개인에게 그들의 트라우마나 결핍과 관련된 환영을 보여주며 의식을 지배해간다. 이벤트 호라이즌은 더 이상 단순한 우주선이 아니다. 분명한 악의를 가지고 살아 숨 쉬는 무언가다.

앞서 말했듯이 〈이벤트 호라이즌〉에는 인간에게 적대적인 외계 생명체가 등장하지 않는다. 우주 저 너머에 그런 생명체보다 더 무시무시하고 끔찍한 어떤 차원이 존재하기 때문이다. 우리의 정신을 갉아먹고 파괴하며 결국은 자신의 눈알을 파내 손바닥에 올려놓게 만드는 지옥. 그런 지옥 앞에서 에이리언을 비롯한 외계 생명체들은 명함도 내밀지 못할지 모른다. 〈이벤트 호라이즌〉은 굳이 다른 소재를 가져오지 않고 오로지 '우주' 그 자체의 위험성을 경고하는 영화다.

물론 내가 우주에 가게 될 가능성은 극히 희박하므로 지금까지의 이야기들은 웬 겁쟁이의 헛소리처럼 들릴 수 있다. 인류의 미래를 예측한 수많은 영화와 다르게 우리는 아직 우주의 그 어디에도 정착하지 못했으니까. 하지만 누가 알겠는가? 먼 미래에 차분히 지구에서의 죽음을 기다리던 나에게 우주로 가자는 제안이 들어올지. 할 줄 아는 거라곤 한자리에 오랫동안 앉아서 키보드를 두드리는 것밖에 없지만 어쩌면 미래의 우주선은 그런 능력을 필요로 할지도 모른다. 지금이야 돈을 줘도 우주에 가지 않을 거라고 자신하지만, 막상 기회가 닥친다면 나는 정말로 망설임 없이 새로운 세상을 거절할 수 있을까? 호기심은 인류의 가장 큰 친구이자 가장 큰 적이다. 나의 두려움이 나의 호기심을 이길 수 있을지, 좁은 방의 모니터 앞에 앉아서 나는 또 쓸데없는 공상에 빠진다. 호기심이 승리하여 우주로 떠났을 때, 또 호기심이 승리하여 정체불명의 외계 생명체를 우주선으로 데리고 와버렸을 때, 나는 지구를 지키기 위한 선택을 내릴 수 있을까? 이건 나의 가장 큰 공상

거리 중 하나인데, 이 질문은 영화 〈라이프〉를 감상한 후부터 나의 머릿속을 떠나지 않고 있다.

〈라이프〉의 내용은 크게 특별할 게 없다. 우주 정거장에 머무르고 있는 팀이 화성 토양 샘플에서 외계 생명체를 찾아내 깨우고 '캘빈'이라는 이름까지 붙여가며 애지중지하지만, 결국 돌변한 캘빈 덕분에 유혈 사태가 벌어진다는 내용이다. 모든 외계 생명체가 그렇듯 캘빈은 무지막지한 속도로 성장하고 지식을 흡수하며, 인간 따위야 손쉽게 제압할 정도로 강해진다. 우주 정거장에서 벌어진 파국은 결국 인간의 오만과 호기심 때문에 벌어진 일이다. 주인공들은 선택의 기로에 놓인다. 캘빈이 지구로 향하는 순간 인류의 종말은 불 보듯 뻔하니, 어떻게든 캘빈을 막아야 하는 것이다. 비록 나를 희생해야 한다고 할지라도, 토끼 같은 자식과 아내와 남편이 지구에서 나를 기다리고 있다고 할지라도.

80억 지구인과 나의 목숨을 저울질했을 때 전자로 저울이 기우는 건 객관적인 사실이지만 캘빈을 눈앞에 둔 상황에서 담담하게 나의 최후를 받아들일 수 있을까? 이런 고민을 하는 걸로 보아 나는 우주에 나가기엔 적합하지 않은 사람인 게 분명하다. 하지만 어디까지나 상상은 자유니까. 나는 오늘도 우주선에 둥둥 떠서 새로운 발견에 감탄

하고 캘빈을 귀여워하는 미래의 나를 그려본다. 어쩌면 나는 그 누구보다도 우주를 동경하고 있는지도 모른다. 우주를 향한 나의 두려움과 공포는 아이러니하게도 내가 우주를 얼마나 동경하고 꿈꾸고 있는지를 증명하는 것 같다.

"무한의 우주 - 무한의 공포(Infinite space - infinite terror)." 〈이벤트 호라이즌〉은 이런 홍보 문구로 스스로를 소개한다. 이 짧은 문장은 우주를 두려워하는 동시에 사랑하는 나의 모순적인 마음을 효과적으로 설명해준다. 나는 공포를 쫓는 겁쟁이고 나를 향한 불분명한 위협이 존재할 때 스릴을 느끼는 사람이니까. 무한의 공포를 보장하는 우주. 미지에 대한 두려움으로 득실거리는 우주. 우리가 비명을 질러도 아무도 듣지 못하는 우주. 세상에서 가장 완벽한 밀실을 만들어내는 우주. 그렇기에 나는 오늘은 우주를 꿈꾸고, 또 내일은 우주를 두려워할 것이다. 아마 눈을 감는 순간까지 반복되겠지. 그리고 우주에서 어떤 위대하고 위험한 발견이 이루어져 피로 가득한 파국이 벌어졌단 소식을 들었을 때, 당당하게 한마디 외치고 숨을 거둘 것이다. 거 봐, 내 그럴 줄 알았다!

12. 검은 물 밑에서 딥 라이징을

어릴 적 우리 가족은 집에서 차를 타고 한 시간 정도 거리에 있는 온천에 자주 다녔다. 주말에 느지막이 일어나 욕탕에서 신나게 물장구를 치고 나면 온몸이 노곤노곤했는데, 목욕이 끝나면 온천 근처에 빼곡하게 자리 잡은 포장마차에서 두부김치나 오뎅 같은 걸 꼭 먹었다. 든든하게 부른 배를 안고 돌아가는 차 안에서 스르륵 잠이 들 때 얼마나 행복했는지 모른다.

우리는 주로 가족탕에서 목욕을 했다. 가족탕은 커다란 욕탕이 있는 욕실과 TV와 서랍장 정도가 놓인 작은 방으로 이루어져 있었다. 목욕이 끝나면 욕실을 나와 TV를보며 젖은 머리카락을 말렸다. 잠결에 몽롱해져 있던 적이많아서일까, 그때의 기억은 이상하게도 습기가 찬 것처럼뿌옇게 흐리다. 완벽하게 마르지 않은 상태로 꾸벅꾸벅 졸면서 낡은 TV를 보다 보면 방금 본 것도 까맣게 잊어버리기 마련인데, 그때 본 것 중에서 유독 지워지지 않고 분명하게 남아 있는 영화가 하나 있다. 2003년에 개봉한 일본 공포 영화 〈검은 물 밑에서〉다.

내가 본 게 정말로 〈검은 물 밑에서〉였는지, 혹은 그 영화를 소개하는 프로그램이었는지는 아직도 헷갈린다. 부모님이 어린 내가 공포 영화를 보도록 가만히 내버려두었을 리가 없고 일요일 오후는 영화 소개 프로그램이 쏟아지는 시간대였으니 후자일 가능성이 높은데, 어쨌거나 나는 졸린 것도 잊고 영화에 푹 빠져들었다. 〈검은 물 밑에서〉는 낡은 아파트에 이사 온 한 모녀의 일상을 따라가며 제목처럼 축축한 물의 이미지를 강렬하게 내뿜는 작품이다. 엘리베이터 바닥에 고인 물웅덩이, 수돗물에 섞여 있던 검은 머리카락, 바닥이 보이지 않을 정도로 깊은 물탱크. 나는 두려움에 덜덜 떨면서도 입을 벌리고 화면을 응시했고 온몸을 더듬어가며 아직 남아 있는 물기를 느꼈다. 공짜로 4D 영화를 보는 방법을 일찍이 터득한 셈이다.

욕탕 안에서는 아직 첨벙거리는 소리가 났고, 영화 속에서는 천장에 고인 습기가 물방울이 되어 뚝뚝 떨어졌다. 내 젖은 머리카락은 선풍기 바람에 휘날리며 얼굴에 찰싹 달라붙었다. 물, 습기, 축축함, 곰팡이, 죽음, 어둠. 모든 것이 나를 감쌌고 세상이 빙빙 돌았다.

그날도 나는 틀림없이 포장마차에서 두부김치와 오뎅을 맛있게 먹었겠지만, 〈검은 물 밑에서〉를 마주하던 때의 충격과 영화가 전해준 감촉은 지금도 생생하다. 온몸에 잔뜩 묻은 물기가 갑작스레 무서워지는 순간이었다.

나는 수영을 못하지만 물은 정말 좋아한다. 튜브나 구명조끼만 있으면 계곡도 바다도 겁 없이 누빌 수 있는 사람이며, 겨울에는 일주일에 한 번씩 꼭 목욕을 해줘야 하는 사람이기도 하다. 계곡물 표면에 떠 있는 나뭇잎을 바라보는 것만으로 몇 시간을 보낼 수 있고, 뜨끈한 욕탕에서 크으으 소리를 내며 잠들 수도 있다.

물을 사랑하는 만큼 물이 창조하는 공포에 대해서도 깊게 생각하지 않을 수가 없었는데, 욕탕에 오래 앉아 있다 보면 검고 긴 머리카락을 가진 누군가가 물속에서 솟아오를까 봐 무섭고, 계곡에서 첨벙거리고 있자면 발이 닿지 않는 어딘가에서 누가 내 발목을 잡아당길까 봐 두렵기 때문이다. 이외에도 모래알 속에 발을 파묻고 가만히 파도를 맞고 있을 때면 물이 가진 어떤 특성에 대해 생각해보게 된다.

물은 쉼 없이 움직인다. 밀물과 썰물, 만조와 간조가 존재하는 이유는 물이 들어오고 나가기 때문이다. 물은 채우고 또 **빠져나간다**. 고여 있다가도 흐르고 머무르다가도 떠난다. 물은 플러스인 동시에 마이너스며 음이고 또 양이다. 가득 채웠다가 흔적도 없이 사라져버리는 것. 물은 완벽하게 대비되는 두 가지 특성을 동시에 소유한다. 더하고 빼내는 두 특성이 동시에 존재한다는 건 물이 거대한 순환을 전제로 하고 있음을 보여주지만, 나에게는 조금 다른 의미로 다가오기도 한다. 물은 고이고 또 흐른다. 그건 우리가 물을 통해 고이는 물의 공포와 흐르는 물의 공포를 모두 이야기할 수 있다는 뜻이다.

〈검은 물 밑에서〉를 통해 맛볼 수 있는 공포는 '고이는 물'의 그것이다. 다섯 살 된 딸 '이쿠코'와 함께 낡은 아파트로 이사 온 주인공 '요시미'는 아파트 곳곳에서 고이는 물이 남긴 공포의 흔적을 발견한다. 아파트 공용 엘리베이터 바닥에는 작은 웅덩이가 고여 있다. 요시미와 이쿠코가 단란하게 살아가는 집 천장에는 짙은 얼룩이 있고, 얼룩에서는 작은 물방울들이 끊임없이 떨어진다. 영화에서는 시종일관 굵은 비가 내리지만 이 비는 먼지를 걷어내고 흙을 촉촉이 적셔 새로운 탄생을 준비하는 비가 아니다. 바닥에 모이고 모여서 결국은 발바닥에 찝찝한 물기를 전하고야 마는 비다.

이사 온 순간부터 요시미는 이상한 기운을 느낀다. 묘

하게 싸늘하고 칙칙한 잿빛 아파트에서 생기라고는 찾아볼 수 없다. 엘리베이터에서는 딸이 아닌 누군가가 요시미의 손을 소중히 맞잡고, 수돗물에는 머리카락이 섞여 나온다. 천장의 얼룩은 점점 커져서 바가지 하나로는 감당이 안 될 만큼 물이 쏟아지는 와중에 위층에서는 발소리가 미친 듯이 들려오고, 결국 위층을 찾아가 초인종을 누르지만 대답은 돌아오지 않는다. 사방이 잿빛으로 어두운 와중에 유일하게 눈에 띄는 것이 있다면 노란 우비를 입고 빨간 가방을 멘 한 소녀. 소녀는 요시미네 집 위층에 사는 '미츠코'로, 요시미와 이쿠코 모녀를 괴롭히는 메인 빌런이자 슬픈 사연을 가진 아이다. 물탱크가 있는 옥상에서 딸 이쿠코는 버려진 빨간 가방을 발견한다. 요시미는 불안한 마음에 이쿠코가 가방을 갖지 못하게 버려버리지만, 가방은 자꾸만 돌아온다. 살결에 찰싹 달라붙는 물방울처럼 간절하게, 자신을 받아달라는 마음을 품고.

〈검은 물 밑에서〉는 욕조를 가득 채운 검은 물과 바닥이 보이지 않을 정도로 더러운 물탱크 안, 점점 커지는 짙은 얼룩과 같은 이미지를 이용해 찝찝하고 공포스러운 분위기를 유지한다. 영화는 깊고 더러운 물 아래에서 부유하는 찌꺼기를 클로즈업한 장면으로 오프닝을 여는데, 요시미와 이쿠코는 꼭 그 더러운 물속을 떠돌아다니는 찌꺼기를 닮았다. 그들은 짓누르는 물의 힘을 이기지 못하고 끊임없이 아래로 가라앉는다. 그들이 미츠코의 손아귀에서 쉽게 벗어나지 못하고 침전하는 것처럼.

고이는 물은 결코 흐르지 못한다. 흐르지 못하는 물에는 또 다른 물이 더해질 뿐, 결코 기존의 물이 빠져나가는 일은 없다. 수위가 차오르다 결국 툭 하고 터져도 그건 해소가 아니라 분출에 불과하다. 해소되지 않은 감정들은 물에 스며들고, 고이고 또 고여 점점 그 농도가 짙어진다. 〈검은 물 밑에서〉는 검은 물이 잔뜩 고여 있는 이미지를 통해 어떤 한의 정서를 전달한다. 검은 물에 고인 한은 슬픔이다. 슬픔의 주체는 당연히 미츠코다. 엄마의 사랑을 갈구하는 어린 미츠코의 한은 그 크기를 예상할 수 없을 정도로 거대해서, 결국은 거센 파도가 되어 요시미 모녀를 덮친다.

성인이 되고 이 영화를 다시 감상했을 때 내게 남은 건 공포나 두려움이 아니라 슬픔이었다. 유독 눈물이 많았던 시절에 보았던 건지는 기억 안 나지만 눈물을 훔치기도 했던 것 같다. 요시미, 이쿠코, 미츠코. 각각의 인물들이 머금고 있는 슬픔은 모여서 웅덩이를 만들고 물방울이 되어 천장에 맺힌다. 천장에서 떨어지는 물방울들은 나를 적시고 그들의 슬픔을 전염시켰다. 〈검은 물 밑에서〉는 고여 있는 물의 분위기와 그것이 머금은 슬픔의 정서를 전달하는 영화다. 비가 끊임없이 쏟아지는 날이라면 〈검은 물 밑에서〉를 선택해도 좋을지 모른다.

고이는 물을 다룬 영화가 있다면 당연히 흐르는 물의 이미지로 공포를 만들어내는 작품도 있다. 1998년에 개봉한 영화 〈딥 라이징 *Deep Rising*〉이다. 포스터 중앙에는 수면 아래에서 소리를 지르는 듯한 사람의 얼굴이 보이고, 그 밑에는 무려 이렇게 쓰여 있다. '테크노 디지털 호러 액션.' 두 번 세 번 읽어도 도통 무슨 의미인지 알 수 없지만 영화를 보고 나면 테크노 디지털 호러 액션이 뭔지 정확히 알게 될 것이다. 그렇다고 해서 테크노 디지털 호러 액션이 뭔지 설명할 수 있게 된다는 건 아니다. 그냥 본능적으로 체감할 뿐이다. '아, 이것이 테크노 디지털 호러 액션이로구나! 정말 대단하구나!' 하고.

영화는 거친 바다를 가르며 달리는 작은 탐사정을 비추는 것으로 시작한다. 미친 듯이 내리고 있는 빗줄기는 매우 거세고 굵다. 쏟아진다는 표현이 더 어울리는 폭우에서는 어떤 생명력이 느껴진다. 바다에는 탐사정말고도 수백 명의 사람이 타고 있는 초호화 유람선 '아르고노티카'가 있다. 탐사정의 선장 '피니간'은 어떤 남자의 부탁을 받아 배를 그들이 원하는 곳으로 모는 중인데, 남자와 그가 데려온 괴한들의 분위기가 심상치 않다. 알고 보니 남자들은 누군가에게 고용된 용병으로, 아르고노티카를 습격해 금고를 털려고 하는 악당들이다. 선장 피니간은 저항하지만 결국 그들을 따라 동료인 '팬투치'와 함께 유람선에 올라탄다. 그런데 '테크노 디지털 호러 액션'을 보여주는 공포 영화답게 유람선의 분위기는 호락호락하지 않다. 유람선에 승객이 단 한 명도 보이지 않는 것이다. 수백 명의 승객이 한순간에 모조리 사라져버린 것.

〈딥 라이징〉을 처음 본 건 내가 몇 살이었는지 정확히 기억나지 않을 정도로 오래전 일이다. 어린 시절에 자신의 취향을 완벽하게 만족하는 콘텐츠를 만나기란 쉽지 않은 일인데, 나는 정말 감사하게도 초등학교에 입학하기 전부터 내 취향을 깨닫게 해주는 이야기를 많이 만났다. 〈딥 라이징〉도 그중 하나인데, 특정 장면에 홀려서 엎드린 채로 입을 벌리고 봤던 기억이 아직도 생생하다. 유람선이 정체를 알 수 없는 무언가의 습격을 받은 후 승객들이 도망치는 장면이었다. 드레스를 차려입은 여자가 벌벌 떨며 화장실로 들어가 문을 잠그고 변기에 앉아 서럽게 운다. 여자를 위로하듯 천장과 벽에서 무언가 움직이는 불길한 소리가 들린다. 잔뜩 경계하며 주변을 살피던 여자는 갑자기 비명을 지른다. 여자는 변기에서 일어나려고 하지만 쉽지 않다. 곧 여자는 사라지고 붉은 피가 화장실에 가득 튄다. 어린 나를 공포로 떨게 하고 또 가슴 두근거리게 했던 그 장면은 오래오래 내 기억 속에 남았다. 내가 그 영화를 끝까지 보았는지는 잘 기억나지 않지만 '화장실 습격 장면'에 대한 추억만으로도 성인이 된 후 〈딥 라이징〉을 다시 볼 이유는 충분했고, 나는 그렇게 진정한 '테크노 디지털 호러 액션'을 맛보았다.

지금도 〈딥 라이징〉은 내가 가장 사랑하는 괴수 영화 중 하나다. 〈딥 라이징〉을 떠올릴 때면 마음이 자꾸만 벅차오른다. 맛있는 걸 보면 저절로 입안에 침이 고이듯, 멋진 괴물을 보면 가슴이 설레는 게 당연하다.

〈딥 라이징〉에서 물은 고여 있을 때도 있다. 고인 물속에 두 발을 딛고 선 주인공 무리는 물속에 뭐가 있을지 모른다는 두려움을 안고 발을 휘적대며 걷는다. 하지만 영화는 흐르는 물의 이미지를 더 강렬하게 이용한다. 유람선의 좁은 복도 끝에서 물이 터져 나오고, 거센 물줄기는 주인공 무리를 덮칠 기세로 쫓아온다. 주인공을 포함한 생존자들은 물에 휩쓸리지 않기 위해 죽을힘을 다해 뛴다. 그리고 거대하고 미끈한 촉수가 물길을 거스르지 않고 흐름에 몸을 맡긴 채 빠른 속도로 그들을 쫓아온다. 물속에서 폭탄이 터지며 물줄기가 튀어 오르고, 세찬 비가 여전히 쏟아지는 와중에도 주인공 무리는 탄탄한 근육을 뽐내며 달린다. 배에 가득 차오른 물 위를 제트스키로 활보하는 장면은 이 영화의 백미라면 백미다. 〈딥 라이징〉은 역동적이고 생명력 넘치는 물길을 이용해 보여줄 수 있는 모든 연출과 상황을 최대한 보여준다. 거세게 흐르는 물줄기처럼, 인물들의 감정은 고이고 모여서 짙어질 새가 없다. 살기 위해선 깊이 생각하지 말고 달려야 한다. 동료의 죽음에 오래도록 슬퍼하며 물 밑으로 가라앉기에는 그들에게 주어진 시간이 너무 짧다.

〈딥 라이징〉에 등장하는 모든 사람의 잔해는 어떻게 보면 너무 가짜 같고 또 어떻게 보면 너무 진짜 같은 색감과 질감을 가지고 있다. 난 이 질감을 '2000년대 이전 공포 혹은 고어 영화 특유의 질감'이라고 부른다. 너무나 가짜처럼 보이지만 아이러니하게도 그래서 더 징그럽게 느껴지는 장면을 온 마음을 다해 사랑한다. 〈딥 라이징〉에는 피와 시체로 범벅된 짧은 복도가 하나 나오는데, 붉게 물든 뼈와 두개골이 널브러진 장면이 뭐라고 그렇게 좋은지 모르겠다. 고어물을 그리 즐기지 않는다면 굳이 찾아보지 않는 걸 추천하지만, 그럼에도 궁금하다면 구글에 '딥 라이징'을 검색하고 '이미지' 카테고리를 눌렀을 때 나오는 사진을 확인하면 된다. '너무나 가짜처럼 보이지만 그래서 더 징그럽다'는 말을 설명하기엔 그 사진만큼 적절한 게 없다. 오랜만에 사진을 보니 또 가슴이 두근거린다. 피와 괴물과 고립된 공간의 완벽한 조화는 언제나 나를 기쁘게 한다.

출처가 어디인지, 신뢰할 수 있는 말인지는 모르겠지만, 인간이 아는 바다는 전체 바다의 3분의 1에 불과하다는 문장을 읽은 적이 있다. 우주와 마찬가지로 물 역시 인류가 평생을 바쳐도 전부를 알 수 없는 존재다. 우리가 영원히 알지 못하는 것. 또 인간의 힘으로는 쉽게 거스를 수 없는 것. 그것만으로도 물을 두려워할 이유는 충분하다.

귀신과 사람에 약하고 피와 괴물에 강한 내가 두려워하는 게 또 하나 있다면 그건 바로 심해다. 물론 가끔 '무서운 심해 사진'을 검색하며 스스로를 불구덩이로 밀어 넣을 때도 있긴 하지만 그건 두려움에 엉엉 울면서도 무서운 이야기를 해달라고 자꾸 조르는 어린아이의 심정 같은 거라고 생각하면 이해하기 편하다. 심해에 사는 괴상한 생명체들의 사진 모음을 찾아보면서 나는 인간이 얼마나 무지한 존재인지 새삼 실감한다. 우리는 우리가 두 발을 딛고 서 있는 지구조차도 전부 알지 못한다. 시간이 흐를수록 쌓여가는 인간의 오만과 실수가 어떤 결과를 불러올지, 바다 깊숙한 곳에서 어떠한 형벌이 찾아오지는 않을지 가끔 상상하면 두려워진다.

물을 향한 경외감은 나의 작품 세계관에서 종종 드러날 때가 있다. 나의 이야기 속에서 물은 인간이 알지 못하는, 혹은 알기에 두려워하는 존재들이 살고 있는 장소다. 기괴하게 생긴 인어가 나타나는 한강, 마을 사람들이 믿고 의지하는 신이 살고 있다는 호수가 배경으로 등장하며 삶과 죽음을 가르는 경계의 역할을 한다. 삶과 죽음을 구분하는 경계이기 때문에 물에서는 산 자와 죽은 자가 공존할 수 있다. 딱히 의미를 부여하려고 했던 건 아니었는데도, 내가 만들어낸 세상에서 물은 항상 산 자와 죽은 자 사이의 유일한 매개체 역할을 해왔다. 애써 깊게 생각하지 않아도 물이라는 물질이 가지고 있는 분위기와 이미지를 본능적으로 알고 있었던 모양이다.

인류는 오랫동안 수많은 사람을 삼도천과 스틱스강으로 떠나보냈다. 그곳에서는 방향을 살짝 트는 것만으로 삶이냐 죽음이냐가 결정된다. 고여 있는 죽음과 흘러가는 삶을 동시에 품고 있기에 물은 이중적이고 또 매력적이며 수백 가지 공포가 피어오를 수 있는 원천이 된다. 그러니 나는 오늘도 얼굴에 물을 끼얹으며 작은 물방울이 모여 집

채만 한 공포를 만들어낸다는 사실에 감탄을 금치 못한다. 가장 원초적인 물질이 창조하는 공포 앞에서, 한낱 인간에 불과한 나는 한없이 작아지고 또 작아진다.

13. 세상의 모든 겁쟁이들을 위하여

끝이 다가온다는 게 아쉬워도 묵묵히 앞을 향해 나아가야 할 때가 있다. 마음에 쏙 든 공포 영화 시리즈를 한 편 한 편 아껴 볼 때가 그렇고 이 글을 쓰고 있는 지금이 그렇다. 어느새 마지막 꼭지에 도달해버린 지금, 오랜 친구와 이별하듯 마음이 싱숭생숭하다.

첫 번째 꼭지에서 '어쩌다 보니 글을 쓰게 되었다'고 적었다. 그 말 그대로 나는 정말로 어쩌다 보니 남들에게 글을 선보이게 되었다. 하지만 그렇다고 해서 내가 글을 쓰게 될 거라 예상조차 하지 못했던 건 아니다. 아무에게도 보여주지 않았지만 나는 오랫동안 글을 써왔고, 글을 쓰는 동안 이유 모를 확신을 가졌다. 나는 언젠가 어떤 방식으로든 글을 쓰게 될 거고 나의 글을 남들에게 보여줘야 할 거라는 확신. 그 확신이 생각보다 더 빨리 이루어지게 되어 그저 감사할 뿐이다.

이 책을 쓰는 것도 마찬가지였다. 정말 어쩌다 보니 공포에 대한 에세이를 쓸 기회를 얻게 되었고 정신 차려보니 신이 나서 키보드를 두드리고 있었다. 쓰기 전까지 그리고 쓰는 와중에도 걱정과 불안에 빠져 허우적거렸지만, 그럼에도 나는 알고 있었던 것 같다. 나는 언젠가 나를 무섭게 하는 것들에 대한 글을 쓰게 될 것이고, 그게 언제가 되었든 완벽하게 준비된 시점이란 없을 거라는 사실을.

글을 쓰면서 걱정은 끝없이 많고 많았지만 가장 중요한 건 딱 두 가지였다. 공포물에 대한 내 지식의 깊이가 너무 얕지 않은가? 또 나는 어디까지 솔직해져야 하는가? 전혀 다른 방향을 향하고 있는 질문이지만 신기하게도 그 끝은 맞닿아 있었다. 나는 할 수 있는 모든 힘을 다해 솔직해지기로 했다. 그렇게 마음먹자 자연스럽게 두 질문에 대한 고민이 모두 해결되었다. 나는 내가 겁쟁이며 그렇기 때문에 좋아하는 호러 콘텐츠보다 보지 못한 콘텐츠가 훨씬 많다는 사실을 인정했다. 나같이 호러를 좋아하는 겁쟁이들, 혹은 이제 호러에 막 발을 담그려는 사람들을 위해 글을 쓴다고 생각하자 모든 게 선명해졌다. 가까운 친구와 함께 내가 좋아하는 것들에 대해 수다를 떠는 심정으로 즐겁게 글을 썼다.

소설을 쓰면서는 나도 몰랐던 나의 새로운 모습을 발견할 때가 많다. 이번 에세이를 쓰면서는 나도 몰랐던 나의 깊이를 발견했다. 내가 이걸 이 정도로 좋아했구나, 이걸 이런 마음으로 좋아했구나, 이걸 좋아하면서는 이런 생각도 했구나. 끊임없이 아래로 파고 들어갔다. 내가 왜 공포물을 사랑하는지, 또 어떤 부분을 싫어하는지, 공포물을 소비하고 창작하는 내가 어떤 마음으로 살아가려고 노력하는지 새삼스레 배웠고 또 깨달았다. 아랑 설화를 기반으로 처녀귀신에 대한 글을 쓸 때는 내가 어떤 다짐으로 창작에 임해야 하는지 다시 한 번 되새겼고, 괴물 이야기를 쓸 때는 크리처물을 향한 애정을 오랜만에 불태웠다. 좀비에 대해 쓸 때는 새록새록 떠오르는 좀비와의 추억에 아련해졌고, 우주에 대한 글을 쓸 때는 간만에 〈에이리언〉을 다시 감상하며 즐거운 비명을 질렀다.

처음 글을 쓰기 시작한 순간부터 마치는 순간까지 순수하게 공포물을 좋아하는 마음을 유지하려고 했다. 사실 굳이 유지하려고 노력할 필요까지도 없었는데, 내가 좋아하는 것에 대해 이야기하는 동안에는 아무리 단점을 찾거나 분석하려고 해도 마음처럼 되지 않았기 때문이다. 나는 무서운 게 그저 좋았다. 무섭다는 이유 하나만으로 많은 게 용서되었다. 너무 좋은 마음에 가끔 과하게 벅차오

를 때마다 부끄러웠지만 이 마음이 글을 읽는 사람들에게
도 닿았으면 좋겠다고 생각했다. 공포에 대한 깊은 통찰을
담을 수도 없었고 담백하고 위트 있는 문장을 쓰는 재능도
없었기에 내가 내세울 거라곤 그것뿐이었다. 공포를 좋아
하는 마음. 그거 하나만큼은 누구에게도 뒤지지 않을 자신
이 있었으니까.

앞으로 어떤 삶을 살게 될지는 조금도 예측할 수 없지
만, 숨이 끊어지는 그날까지 공포가 내 든든한 친구가 되
리라는 사실만은 확실하다. '핑구의 악몽' 편에 나온 바다
표범을 처음 만난 게 유치원 때였으니 최소 이십 년 동안
은 쉼 없이 공포를 즐겨온 셈인데, 앞으로 그보다 더 긴 시
간을 공포와 함께할 생각을 하면 괜스레 들뜬다. 곧 손꼽
아 기다리던 아리 에스터♠ 감독의 신작 〈보 이즈 어프레
이드〉가 개봉한다. 그의 작품을 영화관에서 본 적 없는 것
이 아쉬웠는데 이번에야말로 개봉하자마자 영화관으로
달려가려고 생각하는 중이다. 또 조금 한가해지면 심해를
배경으로 한 공포 게임 〈소마〉를 직접 플레이해볼 생각이

♠ Ari Aster. 미국의 영화 감독. 대표작으로 〈유전〉과 〈미드 소마〉가
   있다.

다. 얼마 전 공포 게임 〈데드 스페이스〉에 도전했다가 십 분 만에 꺼버린 전적이 있기에 〈소마〉는 무슨 일이 있어도 포기하지 않기로 마음먹었다. 어떻게든 나 홀로 엔딩을 보고 내가 사랑하는 공포물 목록에 〈소마〉를 당당하게 올려놓을 테다. 보고 싶고 하고 싶고 읽고 싶은 호러 콘텐츠 리스트는 끝없이 늘어난다. 그 생각만 하면 마음이 든든해진다.

더 무서운 콘텐츠를 찾아 헤매는 밤이면 나와 같은 이유로 잠들지 못하고 있을 겁쟁이들이 떠오른다. 얼굴도 알지 못하는 수많은 이에게 나는 변함없이 무한한 애정을 느낀다. 세상의 모든 겁쟁이들이 앞으로도 영원히 공포를 사랑하기를, 그래서 더 무섭고 더 끔찍한 공포물이 계속 쏟아지기를 바란다. 겁쟁이들을 향한 나의 애정은 앞으로도 우리가 가늘고 길게 유지되길 바라는 동지애에 가깝다.

겁쟁이라서 정말 다행이다. 겁쟁이인 우리가 좋다. 세상의 모든 겁쟁이 공포 애호가들이 오늘 밤도 덜덜 떨며 잠들었으면 좋겠다. 그러니 이 글을 읽고 있는 당신도 부디 나를 위해 빌어주었으면 한다. 오늘 밤도 겁에 질려 불을 켜고 잠자리에 누운 나에게, 이상한 한기에 발을 이불 속으로 밀어 넣는 나에게, 심장이 떨어지는 듯한 공포가 찾아오게 해달라고.

참고문헌

단행본

곽재식,『한국 괴물 백과』, 워크룸프레스, 2018.

H. P. 러브크래프트, 홍인수 옮김,『공포 문학의 매혹』, 북
스피어, 2012.

루스 웨어, 이미정 옮김,『헤더브레 저택의 유령』, 하빌리
스, 2020.

맥스 브룩스, 장성주 옮김,『좀비 서바이벌 가이드』, 황금가
지, 2011.

윤혜신,『귀신과 트라우마: 한국 고전 서사에 나타난 귀신
탐색』, 지식의 날개, 2010.

이명현,『고전서사와 문화콘텐츠 스토리텔링』, 경진출판,
2017.

전건우,『뒤틀린 집』, 안전가옥, 2021.

최기숙, 『처녀귀신: 조선시대 여인의 한과 복수』, 문학동네, 2010.

학위 논문

김아름, 「아랑 설화의 현대적 변용 연구: 드라마 〈아랑사또전〉과 영화 〈아랑〉을 중심으로」, 한국교원대학교 대학원 석사 논문, 2014.

이수미, 「아랑 설화의 현대적 변용 연구」, 성신여자대학교 석사 논문, 2007.

황인순, 「〈아랑 설화〉 연구 신화 생성과 문화적 의미에 관하여」, 서강대학교 대학원 석사 논문, 2008.

일반 논문

손영은, 「설화 〈아랑의 설원〉과 드라마 〈아랑사또전〉의 서사적 차이와 의미: 원한과 해원의 의미 분석을 중심으로」, 건국대학교 국어국문학연구논집, 2013.

하은하, 「아랑설화에서 드라마 〈아랑사또전〉에 이르는 신원 대리자의 특징과 그 의미」, 한국고전문학교육학회, 2014.